U0079372

冬瓜茶
青草茶
苦茶
麥茶
賣冬瓜茶的小孩
張文慧◎著
封面插圖◎MouLin
蕭倍任雖然不聰明，但是一直有個願望，
就是希望自己可以學會做茶，幫家裡出一份力，
可是叔叔嫌他笨不願意教他，只會將粗重的活兒丟給他做。
不過，家族終究要選出繼承人，
不過家族直系男丁卻是一個低智商的孩子，叔叔很傷腦筋……

人物設定：

蕭倍任　水生國小五年級學生　11歲　男

智商低於一般標準，從小被欺負，卻天生樂觀的男孩。

林志仁　水生國小五年級學生　11歲　男

爸爸是縣議員，在良好環境下長大，缺乏人生方向的少年，和蕭倍任是好哥兒們。

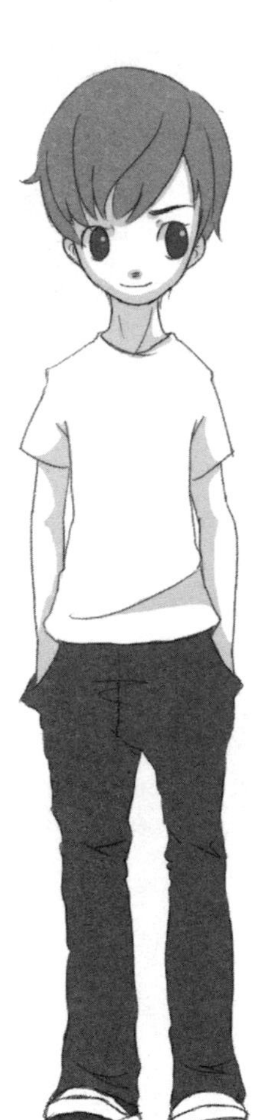

傅瑞怡　古莊國中一年級學生　13歲　女

蕭倍任家冬瓜茶攤附近，賣油飯、豆腐湯攤子的老闆女兒，也是蕭倍任的表姊。從小就懂事、聽話，十分顧家。傅瑞怡從小就很喜歡數學，她內心有個小小願望，就是要成為女科學家。

沈慧萍　汪汪飲料公司總裁　49歲　女

沈慧萍是一位女強人，正為找不到市場上的新產品，公司業績無法突破而發愁。

蕭冠傑　蕭記冬瓜茶攤老闆　45歲　男

蕭記冬瓜茶攤老闆，是家族目前這一輩中的二哥。蕭倍任是哥哥過世之後留下的孩子，因為頭腦比較差，比較得不到蕭冠傑的呵護與關心。

目次

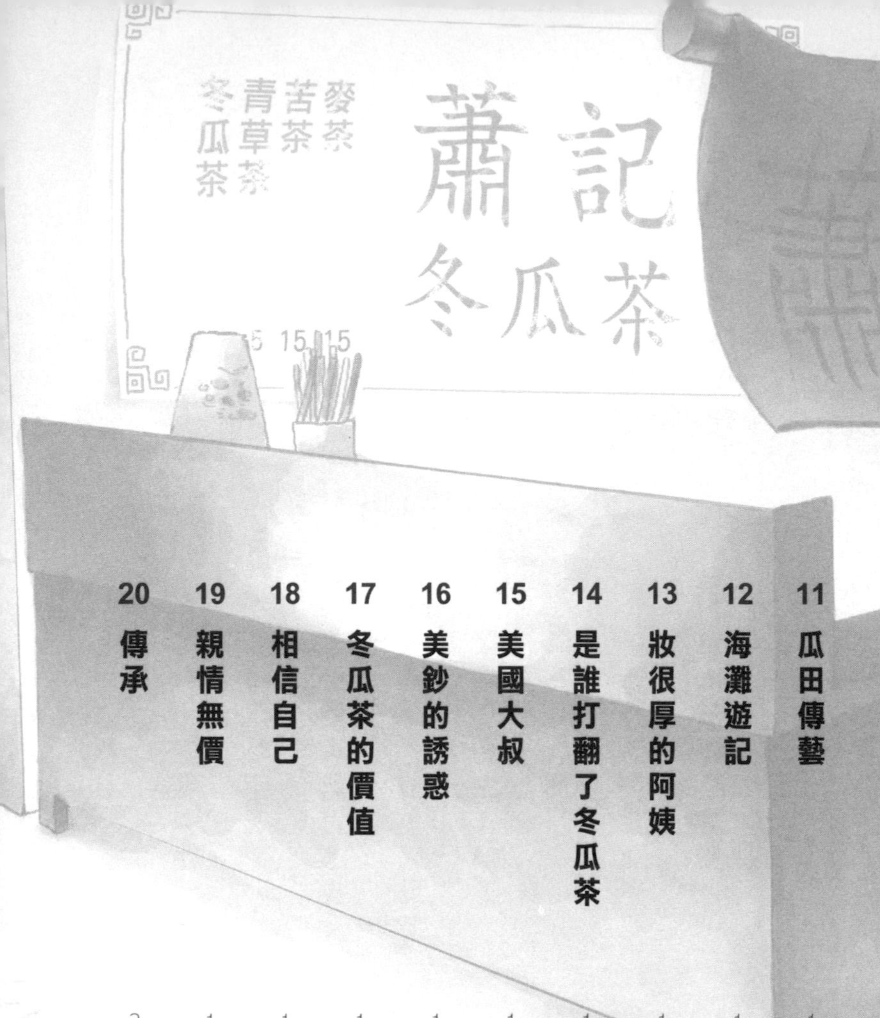
蕭記
冬瓜茶
麥茶
苦茶
青草茶
冬瓜茶
蕭

01. 菜市場的老茶攤

夜晚，大多數的人都在溫暖的棉被裡頭做著好夢，蕭家上下卻不得安寧。三層樓的透天厝，蕭家上下都聚集在二樓蕭冠任的房間裡。

蕭冠任面色慘白，他發紫的嘴唇幾乎說不出話來，旁邊站著一位身穿西裝的醫生，他用聽診器在蕭冠任胸前仔細檢查了一會兒，對身旁眾人搖搖頭。蕭冠傑是蕭冠任的弟弟，他和其他蕭家人一樣心急如焚，以及對蕭冠任的不捨。

「咳咳……」蕭冠任咳嗽著，他咳得很大聲，好像連肺都要咳出來似的。好不容易止住咳嗽，蕭冠任勉強舉起手，叫弟弟過來，用虛弱的嗓音對蕭冠傑說：「我有話跟你說。」

「哥，有什麼話我們明天早上再說，你先好好休息。」蕭冠傑緊握哥哥的手，對他懇切的說。

蕭冠任擠出笑容，對弟弟說：「我自己的身體，我自己清楚。我拖不到早上，哪怕連下個整點都等不到。」

「不會的，哥哥，你要對自己有信心。我們……我們兄弟倆肯定還能跟以前一樣，一起煮茶，一起賣茶，一起把阿爸留給我們的茶攤繼續經營下去。」

「阿爸……是啊！我很快就要見到他了呢！唉……冠傑，你就不要騙我了，正因為我的身子眼看就要支持不住，才更要把該交代的事情都向你交代清楚。」

「別這麼說……」蕭冠傑的眼睛漲紅起來，淚水讓他哽咽著，幾乎無法言語。

蕭冠任輕拍弟弟的手臂，說：「蕭家在台東經營茶攤，已經有三代以上，超過五十年的歷史。這是阿公、阿爸交到我們手上的棒子。我們一家老小都靠茶攤生活，也靠茶攤撐起整個家族的名聲。我賣了一輩子茶，每次遇到困難都是我們兄弟同心才能度過。現在我身子骨不行了，但我相信我們兄弟一起打拼的精神，不會因為我的離開而消失。這一點，你要記住。」

「我知道，就跟阿爸老是說的那句話一樣。」

「沒錯！阿爸常說：『輸給別人不可恥，可恥的是沒有努力就放棄。』正是靠著努力，蕭家茶攤才有今天。」

「哥哥，你不用擔心，只要你專心養病，經營茶攤的一切都交給我來就行了。」

「我知道你行，把茶攤交給你一個人，雖然辛苦，但我很放心。然而，有一件事我卻放心不下。」蕭冠傑的太太胡樂芳站在先生身旁，此時搭腔：「哥，您有什麼遺願，我們一定會幫您完成。」

蕭冠傑瞪了太太一眼，說：「妳說些什麼瞎話，什麼遺願，我大哥還要再活至少五十年、一百年呢！不會說話就給我住嘴！」

胡樂芳心底不服氣，但既然先生不讓自己說話，她也只好住嘴。胡樂芳出生相當不錯，爸爸是東部大工廠的老闆，當年她嫁給蕭冠傑，就是因為蕭家茶鋪遠近馳名，生意做得很大。蕭冠傑的父親和胡樂芳的父親兩人是好朋

友，就這麼經由相親讓兩人結了親家。

但胡樂芳嫁到蕭家並不開心，畢竟做茶生意並不輕鬆，她不再能跟過去在自己家一樣養尊處優。天沒亮，茶鋪就要開始煮茶，傍晚工作結束，還要收拾攤子，並且備好煮茶的材料。這些都是勞力活兒，沒有一點偷機取巧的機會。

蕭冠任從父親手上繼承過茶鋪後，一直把茶鋪打理的井井有條，他辦事認真負責，弟弟蕭冠傑也跟哥哥一樣，做起事來很實在。可是蕭冠傑耳根子軟，並且對老婆算得上百依百順，唯獨面對哥哥交代的事情，他說什麼都要遵守。

自從胡樂芳知道蕭冠任得了肺病，她就開始思量著自己在蕭家當「廉價勞工」的日子即將結束。尤其她夢想著一旦茶鋪剩下蕭冠傑當家，自己就可以名正言順的當起老闆娘，發號施令。屆時，也就不用跟著每天忙活，又能回復以前當大小姐的生活。

蕭冠任對弟弟說：「別怪弟妹了，樂芳可是個賢慧的女人，進到我們家，從大工廠的大小姐變成茶鋪的一份子，大小事情我看她都做得很認真，沒一句怨言。以後你可要好好待她，別讓女人家累著、餓著。」

「哥，我會的，你儘管放心。」

「我辛苦了一輩子，得了肺病是天意，但我很知足，有了你這樣一個好弟弟。可惜我妻子走得早，沒有辦法分享我的快樂。幸好老天有眼，還是給了我們一個孩子。可是，我最放不下的也是這孩子。」

蕭冠任的目光飄向床頭邊，坐在小凳子上，一臉懵懂的小男孩。對他說：「倍任，爸爸以後可能沒有辦法繼續陪你了，以後你要聽叔叔的話，知道嗎？」蕭倍任傻傻的說：「爸爸，你要去旅行啊？」

蕭冠傑看到這一幕，不忍的說：「對，你爸爸要去旅行，會離家一陣子，你要乖，知道嗎？」

「嗚嗚……嗚嗚……」一家子中，最感性的就屬蕭冠傑的姊姊蕭雅琦，

她早已泣不成聲，面對哥哥病危，她沒有辦法接受，眼淚是她表達心情的方式，聽到孩子無知的關心，在在觸動她的心。

蕭雅琦平常住在先生家，距離自己娘家不遠，她的先生也在市場工作，就在市場蕭家的茶攤附近，是賣油飯、豆腐湯攤子的老闆。

蕭雅琦的女兒傅瑞怡年紀雖然小，但是很貼心，她見媽媽難過，拍拍媽媽的肩，說：「媽媽，妳還好嗎？」

「沒事……」蕭雅琦不好意思讓女兒擔心，對女兒苦笑說。

「哥，你的孩子就是我的孩子。」蕭冠傑對哥哥說。

「也是我的孩子。所以哥哥，你放心吧！我和冠傑都會照顧倍任，不會讓他受欺負。」蕭雅琦也說。

「有你們這席話，我就放心了。」蕭冠任其實對弟弟和妹妹很有信心，可是在生死關頭，他還是想要確認一下，好讓自己安心。蕭冠任的身子逐漸失去力氣，他躺在床上，眼皮緩緩闔上。這一闔上，就再也沒有張開。

【三年後】

「咚咚！」

「哎唷喂啊！」蕭倍任本來正坐在椅子上打盹，突然感覺後腦杓有人用力敲了兩下，他因為疼痛，整個人醒過來，摸著頭叫道。

打他腦袋的是胡樂芳，蕭倍任見到她，說：「嬸嬸，午安啊！」

「午安你個頭，現在都幾點了，你還在睡？成天睡睡睡，你除了睡還會做什麼！」

「對不起，嬸嬸。」

「不要跟我說對不起，把事情做好才是真的。我們蕭家一家老小就靠這茶攤子過活兒，你給我機伶點，知道嗎？」

「我知道了，嬸嬸。」蕭倍任被胡樂芳訓斥一頓，他非但不生氣，還很感激嬸嬸提醒自己要好好工作。

可是夏日炎炎，蕭倍任顧著攤子時，總會忍不住睡著。

隔壁攤子，穿著古莊國中一年級制服的傅瑞怡，揹著書包走進來，見到媽媽，向她請安：「媽，我回來了。」

「現在攤子不忙，妳先把書包揹回家休息。」

「沒關係，等一下應該還會有一陣子客人來，我在這裡可以幫忙收拾、招呼什麼的。」傅瑞怡是個乖巧的孩子，學校一放學，她第一件事就是來到攤子幫忙父母親。這天學校下午放假，她也沒有跟其他孩子出去玩，仍舊選擇以爸媽為重。傅瑞怡看見蕭倍任又被嬸嬸教訓，待胡樂芳離開，走過去對他說：「你又惹舅媽生氣了？」

「呵呵！都是我不好。」

「你被打怎麼還笑得出來啊？」

「因為嬸嬸打得很對，我不應該睡著。」

「你昨天幾點睡，怎麼會睡著？現在太陽很大耶！」

「我也不知道。」

「算了，你不知道的事情可多了。」

「對啊！我不知道的事情可多了。」

「倍任，你又在重複別人說的話了。」

「對不起，我不應該重複別人說的話。」

「倍任！唉……算了，不是你的問題，你好好工作就是了。」

「謝謝表姊。」傅瑞怡拿蕭倍任一點辦法也沒有，儘管蕭倍任憨厚，可是做起事情來就是那麼傻楞楞的。她和媽媽，以及大多數人都對蕭倍任不忍苛責，因為大家都知道，他是一個特別的孩子。

02. 最喜歡冬瓜茶了

「好吃的黑豬肉來囉！」

專門在各地市場載送豬肉的王大叔，騎著三輪車，後頭載著一隻已經卸掉內臟的黑豬。他經過市場蕭家茶鋪，看到蕭倍任在顧攤，把車停在攤子前，對蕭倍任吆喝說。

「王大叔，你好。」

「倍任也好，哈哈哈！咦！怎麼大人都不在啊？」

「叔叔他們去田裡了。」

「嘿嘿！你們家的冬瓜茶好喝，就是因為你們自己有田，自己種冬瓜。」

「可是你叔叔不在，嬸嬸總在吧？」

「我也不清楚。」蕭倍任傻笑著說，他不知道的事情確實很多，家裡大人很多事情都沒跟他說。平常大多時候攤位應該是嬸嬸當家，可是實際上真正顧著攤子的都是蕭倍任一個人。

「好啦！給我一瓶冬瓜茶。」

「大瓶的嗎？」

「對！要全部都結冰的那種。」

蕭倍任打開冰櫃，從裡頭拿出一罐一千五百毫升寶特瓶，裝著結成棕色冰塊的冬瓜茶，交給王大叔。

王大叔拿出一百塊錢，遞給蕭倍任。

「我走了。」

「王大叔再見。」

王大叔前腳剛走，一位老奶奶帶著兩位身高頂多一百公分，看起來大概還在唸幼稚園的兩位小朋友，走到攤子前。

老奶奶對孫兒說：「今天天氣熱，喝杯冬瓜茶消消火吧！」

一位小朋友嘟嘴，看起來不是很高興的說：「我不要，我要喝可樂。」

另外一位小朋友不好意思表達內心的想法，但他的眼神看起來是支持自己兄弟的，對老奶奶投以拜託的目光。

「可樂喝多了，對身體不好。」

「可是冬瓜茶這種東西又不好喝。」

蕭倍任見老奶奶和孩子們為冬瓜茶爭執起來，他不知道該如何是好，幸虧表姐傅瑞怡在隔壁攤子聽見，走過來對兩位小朋友說：「你們沒喝過，怎麼知道呢？」

「妳是誰？」小朋友問傅瑞怡說。

「我也算是茶攤的一份子哦！」

「冬瓜茶真的好喝嗎？我看都是老公公、老奶奶在喝的。」

「哪有！明明就有很多年輕人喝。更何況茶攤不只有冬瓜茶，也有青草茶、苦茶、麥茶。只是這裡的冬瓜茶最出名，尤其夏天喝下去，嗚哇！頓時暑氣全消，舒服得很。」

「我不信，冬瓜茶最好會比可樂還消暑啦！」

「這樣吧！大姊姊請你們喝一杯，如果你們覺得好喝，以後記得要捧場，知道嗎？」

「好吧！」小朋友雙手一攤，他們想，有免費的飲料可以喝，不喝白不喝。

傅瑞怡對蕭倍任說：「給他們一人一杯冬瓜茶。」

蕭倍任打開茶桶，用長杓子舀了兩杯冬瓜茶。

兩位小朋友各拿著一杯冬瓜茶，插上吸管，用力吸了一口。

「嗚哇！」

小朋友的眼睛頓時瞪得好大，宛如大龍眼似的。

「這個味道，這就是冬瓜茶嗎？」一位小朋友讚嘆說。

「哥哥，這個飲料好好喝喔！而且喝下去，從嘴巴到肚子，好像有股涼涼的水流進去，現在我覺得全身都好涼快，好像在游泳一樣。」另外一位小朋友也說。

沒兩分鐘，兩位小朋友把手中那杯冬瓜茶喝個精光。旁邊老奶奶笑著提醒他們：「不要喝太快，小心噎到。」

喝完後，兩位小朋友對傅瑞怡說：「大姊姊，我們還要。」

老奶奶笑說：「我要外帶兩瓶冬瓜茶，麻煩了。」

蕭倍任還愣著，傅瑞怡趕緊提醒他：「倍任，人家老奶奶要外帶冬瓜茶，還不快去拿。」

「對不起。」蕭倍任拿出兩瓶冬瓜茶，裝進袋子裡，交給老奶奶。

看著孩子們喝冬瓜茶露出的笑容，蕭倍任心底覺得很高興。傅瑞怡則忍不住唸他兩句，說：「倍任，你幫忙顧攤子也有好一段時間了，怎麼還是這麼不機伶呢！」

「表姊，對不起。」

「倍任，不用說對不起，下次知道怎麼做就好。聽到客人要什麼，要趕快把東西拿給客人，只要這樣就好。」

「謝謝表姊。」

蕭倍任無論大人們對他說些什麼，他總是露出憨厚的笑容，微笑面對各種責難。彷彿在他的世界中，沒有人是壞人，就算有人對他訓斥幾句，他也能瞭解這都是為了自己好。

「倍任，你真是個特別的孩子。」

「我嗎？我很特別嗎？」

「是啊！一般人都不喜歡被別人命令來，命令去的，就只有你，好像大家不管說什麼，你都沒有關係。」

「是這樣喔？我也不知道。」

「拜託，倍任，你可以不要老是說『對不起』，還有『不知道』嗎？對自己的事情怎麼可以不清楚呢？你說是不是？」

「表姊說的是。」

傅瑞怡知道自己白問了，她才問完就知道蕭倍任肯定會同意她說的話，說：「我就知道你會這麼回答。算了，你好好顧攤子，把耳朵豎起來認真聽客人說的話。有什麼問題，我就在隔壁攤子，叫一聲我就會過來。」

「謝謝表姊。」

胡樂芳不知道去了哪裡，老半天後才回來，她手上提著一個新的包包，粉紅色的用料上頭鑲著金邊，看起來十分貴氣。

「生意怎麼樣，沒出亂子吧？」胡樂芳從包包裡頭拿出扇子，對著自己搧了幾下，驅趕熱氣，問蕭倍任說。

「都很好，嬸嬸。」

「那記好，你叔叔他們都在田裡忙活著呢！你可別給他們添亂了。」

「嬸嬸，『添亂』是什麼意思？」

胡樂芳眉頭一皺，說：「添亂就是找麻煩的意思。」

「所以意思是？」蕭倍任還是不大懂。

胡樂芳懶得跟蕭倍任解釋，隨口說：「總之你不要多問，乖乖聽話，把事情做好就對了。」

「喔！」

蕭倍任在家裡幫忙，被大人們頤指氣使，卻抱著不以為意的天真。

這時五六位穿著白上衣，脖子掛著毛巾，腿上滿是污泥的工人走到蕭家茶攤子。帶頭那位嘴裡嚼著檳榔，一張口滿嘴都是血紅色的檳榔汁。

胡樂芳最討厭身上骯髒的人，遠遠看到他們，對蕭倍任說：「我忘記還要買水果，我去市場轉轉，等一下回來。」說完，一溜煙人又不見蹤影。

工人們來到茶攤前，領頭的工人對蕭倍任說：「小兄弟，給我們六杯冬瓜茶。」

「好的。」蕭倍任舀出六杯冬瓜茶，工人們接過去，仰頭喝個清潔溜溜。

領頭那位，一口檳榔汁吐在茶攤前面地上，蕭倍任見了，說：「大叔，你為什麼不吐在垃圾桶呢？這樣等一下萬一有人踩到，鞋子不就髒了。」

工人沒想到蕭倍任竟然會對自己吐檳榔汁的行為有意見，答道：「小兄弟，你乖乖賣你的冬瓜茶就好，話不要說太多。」

「我沒有其他意思。」

「我知道，只是我吃檳榔吃了十幾年，大馬路本來就隨便吐來吐去的，反正下個雨，或者太陽曬個幾天就會消失，吐在哪裡又有什麼關係。」

「可是……我們老師說隨地吐檳榔汁不好。」

「你們老師還有說其他什麼事情不好嗎？」

「很多啊！譬如：看太多電視不好，吃太多垃圾食物也不好，還有……」

「哇哈哈哈！」工人大笑幾聲，他本以為蕭倍任是個愛管閒事的人，聊了幾句才發現蕭倍任只是單純，單純到有點傻，便不再拿他尋開心，說：「小子，我真服了你，今天你碰到我，算你運氣好，我不是一個愛找碴的人。要是碰到其他人，你這麼多話，到時候小心惹麻煩。」

「對不起，嬸嬸才跟我說不要當個找麻煩的人，結果我卻找麻煩了。」

「聽起來你嬸嬸是個實際的人，她說的一點也沒錯，要在社會上生存，就要懂得什麼話該說，什麼話不該說。話該什麼時候說，什麼時候不該說。懂了嗎？小兄弟。」

「不太懂，但我聽起來好像很有道理，謝謝你。」

工人喝完冬瓜茶，對蕭倍任說：「好茶，是我喝過最好喝的冬瓜茶呢！給我們半打。」

「半打？」

「就是六瓶的意思啦！」

工人們笑起來，他們見蕭倍任腦袋不靈光，好像是個傻子。領頭那位工人對其他人說：「你們笑什麼呢？人家賣茶好歹可以不用在大太陽底下流汗，比我們這些做『土水』的好，你們有本事就轉行啊！」

任。

其他人對這位工人似乎特別敬畏，一聽到他說的話，都不敢再譏笑蕭倍

「小兄弟，我明天再來。」

工人們一走，傅瑞怡過來關切。

「那些人看起來兇巴巴的，你不怕嗎？」傅瑞怡問蕭倍任說。

「他們看起來兇，可是我覺得他們是好人。」

「好人、壞人，你分得出來嗎？」

「哈哈！我也不知道。可是我記得爸爸說過，好人和壞人不是用外表就能分辨的。」

「這話倒是有點道理。」

傅瑞怡還想再聊幾句，茶攤又有客人來，她不好意思打擾表弟工作。蕭家的茶攤有多年歷史，人們喜歡他們的冬瓜茶，總是生意興隆。往往客人前腳才走，後腳又有客人來。

03.
老是吊車尾的小孩

蕭倍任的生活很簡單，幫忙顧茶攤子之外，他和其他孩子一樣，都得去學校上學。

暑假過後，蕭倍任已經是位國小五年級的學生。升上高年級，班級的氣氛和以往大不相同，雖然國小升國中不需要考試，可是對孩子未來有長期規劃的家長們，已經開始展開他們的培育工作。有的孩子從暑假就開始被送去補習班，補英文、數學，甚至理化等進入國中才會接觸的科目。家長這麼做的目的，就是為了讓孩子贏在起跑點上。畢竟國中之後就將面對第一次聯考，能夠考上第一志願，彷彿遙指一個光明無限的未來。

中年級升高年級，經過重新分班，蕭倍任被分到五年一班。

開學迄今一個多月，班上同學們三五成群，大家找到志同道合的夥伴，尤其是下課和中午吃便當的時候，更能看出彼此之間的感情好壞。

蕭倍任則是一個人吃午餐，沒有人跟他坐在一起。

隔了幾條走道外，幾位同學一邊用餐，一邊偷瞧著蕭倍任。

「那個人怎麼會被分到一班，我真是搞不懂。」

「就是說啊！一班應該是最好班，為什麼會把那個吊車尾的傢伙收進來。」

「我聽說是因為王老師以前大學讀過特教，所以才讓那個低能兒進到我們班。」

「什麼！難道我們班變成特教班了嗎？」

「哈哈哈！可以這麼說吧！特教指的就是針對笨蛋跟天才，所以五年一班現在是四十九個天才加上一個笨蛋的班。」

同學們七嘴八舌的，拿蕭倍任尋開心。

「咳！」

一位梳著西裝頭，腳穿耐吉最新款白色慢跑鞋，長得有點像是林志穎的男同學經過他們的座位，故意咳嗽一聲。

女同學見到他，都禁不住臉紅。

「林志仁，我們在聊天，你要加入我們嗎？」女同學對帥氣小男生提出邀請。

「不了，我只是希望你們講話不要太大聲，畢竟有些話是很傷人的。」

「林志仁，你的心腸真好。」

「沒什麼事的話，我先走了。」林志仁沒有要接下去跟他們說話的意思，丟下自己想說的話，沒再理會他們。看著林志仁的背影，同學們又嘰嘰喳喳起來。

「那個就是縣議員的小孩嗎？長得好帥。」

「聽說他是從台北轉學過來的。」

「台北嗎？台北人都長得這麼好看嗎？難怪他身上有種氣質，原來那是台北人才有的氣質。」一位男同學聽女生把林志仁形容得有如偶像，說：「妳們不要發花癡好不好，不過就是有錢公子哥兒罷了。要是我跟他一樣，穿耐吉最新的球鞋，用無印良品的鉛筆袋和筆記本，我也會跟他一樣帥。」

女同學說：「笑死人，你如果弄成那樣，頂多看起來像是個暴發戶。」「去去去，至少比你們現在幾個看起來好像喜歡台客天團的台妹好多了。」幾位男女同學吵起來，教室頓時變得很熱鬧。

蕭倍任見到同學吵嘴，想要過去關心，可是圍觀的同學越來越多，他擠不過去。蕭倍任聳聳肩，把便當盒收好，走到教室外。

水生國小位於台東，就在太麻里的丘陵上，遠眺太平洋。

國小沒有明顯的圍牆，因為不需要。大自然和校園，彼此之間根本分不開。在這裡長大的孩子，鮮少有人近視。比起看電視，放學後孩子們最喜歡的娛樂是打棒球和籃球。此外，大多數孩子都需要回家幫忙，儘管這裡的整體生活沒有台北那麼便利，卻多了人與人之間的溫暖，以及與自然為伍的樂趣。蕭倍任坐在學校後門，矮籬之間一道面對太平洋的長階梯上。他最喜歡來這裡看海，看著山丘下的聚落。

這天特別不同，因為有一個人已經佔在他平常的位置上。

林志仁坐在階梯上，他轉頭看到蕭倍任，說：「嗨！」

「嗨！」蕭倍任不懂這個字的意思，他猜想可能是打招呼的用語。

「我是不是佔用了你的位子？」

「沒有，我想這個地方每個人都可以來。」

蕭倍任嘴巴上這麼說，但眼睛一直瞧著從最上面數下來，第三塊的階梯。林志仁見蕭倍任整個人根本不會說謊，把位子讓給他，坐到旁邊。

「請吧！」

「謝謝。」蕭倍任很高興的說。

「你這個人真有趣。」

「謝謝。」

「我不確定我這麼說是誇獎你，還是損你。總之，你高興就好。」

「有趣很好啊！」

「哪裡好？有趣的人往往意味著是別人的笑柄。」

「笑柄……那是一種餅嗎？」

「不是啦！笑柄就是指一個被其他人嘲笑的人。」

「喔！原來是這樣。」蕭倍任從褲子口袋拿出寫單字的單字本，用注音符號把笑柄兩個字寫進去，然後註記林志仁解釋的意思。

「你在幹嘛？」林志仁好奇的問。

「我在寫筆記。」

「這種詞語就不用寫了啦！」

「沒關係，不寫我怕自己記不住。」

「你真的很有趣。」林志仁又強調了一次。

「你也是。」蕭倍任回答說，他似乎真的以為這是稱讚人的意思。

「我哪裡有趣？」

「你願意跟我說話，而且說起話來好像大人，我覺得好好喔！因為我都沒有辦法跟大人一樣講話。」

「傻瓜，當大人有什麼好的。」

「當大人很好啊！我叔叔他和茶鋪的幾位大叔，他們很厲害哦！知道怎麼種出好吃的冬瓜，還知道怎麼把冬瓜做成好喝的冬瓜茶。這些我都不懂，但我猜想等我大一點，可能變成大人的時候，他們就願意教我了。到時候，我就也能做出好喝的冬瓜茶。」

「你們家是賣冬瓜茶的？」

「對啊！」

「你叔叔難道叫做蕭冠傑？」

「你怎麼知道？」

「你們家的茶鋪子很有名，我爸爸他冰箱裡面總是放著你們家賣的冬瓜茶。」

「你也喜歡喝冬瓜茶嗎？」

「我還好耶！比起冬瓜茶，我還是比較喜歡可樂跟汽水。」

「可是我不覺得可樂跟汽水好喝。」

「那是因為你很少喝吧！你不覺得夏天一罐冰冰涼涼的可樂灌進嘴裡，氣泡從喉嚨湧出來的感覺，會讓人忍不住想要叫一聲『哇！好爽！』，那種感覺超棒的。」

蕭倍任想了一會兒，說：「聽起來好厲害，但我還是不太懂。」

「不懂？說得這麼清楚還不懂？」林志仁有點不耐煩的說。

蕭倍任也很無奈，但像林志仁一樣對自己失去耐性的人太多了，他倒也不覺得有什麼難過，只是覺得對別人很抱歉。蕭倍任從來不希望自己成為他人的困擾，可是自己似乎總是難以擺脫麻煩鬼的困境。林志仁有點後悔自己剛剛說的話，補充說：「我沒有別的意思，我想是我解釋得不夠清楚。」

「沒關係，大家跟我說話，總是忍不住會發怒，我習慣了。」

蕭倍任的笑容，林志仁看在眼裡，覺得相當苦澀。蕭倍任不是壞人，可是人們依舊會對一個不是壞人的好人生氣。相反的，有些人明明是壞人，卻有許多人阿諛奉承，甘願當壞人的應聲蟲。

林志仁想到爸爸，不禁歎口氣：「唉……」

「你為什麼嘆氣？」

「沒什麼，只是想到這個世界很奇怪，大人老是做一些矛盾的事情。」

林志仁想到當縣議員的爸爸，他當上縣議員後，經常和各方人士會面，其中有的人擺明不是善類，可為了連任，爸爸好像跟誰都能搏感情，當好朋友。不知道從何時開始，林志仁覺得爸爸變得好沒有自己的原則。

「可是大家都說大人一定不會錯，就像老師說的一定不會錯一樣。」

「蕭……你叫蕭什麼來著的，老師說的話不一定對啊！」

蕭倍任回應說：「我叫蕭倍任啦！」又說：「老師也會有錯？大人都叫我要聽老師的話，萬一老師也有錯，那誰才是對的呢？」

林志仁歪著頭想了想，說：「也許世界上沒有人永遠是對的。」

04.
他不笨，他是我兄弟

「噹噹……噹噹……噹噹……」午休鐘聲響起。

午餐時間，蕭倍任第一次不是一個人孤單的過。他和林志仁，兩個人坐在學校後門的階梯上，聊到午睡時間還不罷休。當班上同學見到他們兩個人有說有笑的一起走進教室，大家都不敢相信自己的眼睛。

學校最紅的轉學生，竟然跟學校被大家瞧不起的小人物走在一起。特別是那些崇拜林志仁的女學生，她們激動的想要問清楚究竟是怎麼一回事。

「你們看，林志仁跟那個『傻冬瓜』走在一起耶。」

「好奇怪喔！他們兩個人站在一起感覺好不搭調。」

「對啊！好像一杯卡布其諾跟一杯冬瓜茶走在一起，這兩種東西根本不能混著喝嘛！」

同學們你一句，我一句的，越說越不留情。

林志仁聽到一大堆人竊竊私語，一副不以為意的樣子，但他此刻也感受到壓力，畢竟他從小就是個受歡迎的孩子，蕭倍任的處境，他還是第一次有

種感同身受的體會。

被人譏笑的感覺有多不好，林志仁現在終於清楚了。

「欸！你們留點口德好不好！」林志仁快走到教室時，對走廊上一位笑得特別大聲，還吹了幾下口哨的同學，用嚴峻的口氣說。

大家見林志仁竟然對那位同學發出警告，都為他緊張，因為林志仁惹到的不是普通人，而是學校最惡名昭彰，身高跟體型都比一般國小學童高大壯碩，六年五班的問題兒童潘漢德。

潘漢德國小六年級，身高卻已經將近一百七十公分，體重超過八十公斤，他是學校最「大隻」的小朋友，也是學校籃球隊的王牌，更是全縣鉛球重點栽培選手。

「你不要命了嗎？」潘漢德從來沒見過有人敢正面惹他，瞇眼瞧著林志仁，有恃無恐的說。

「你才不要命了，你不知道肥胖可能會致命嗎？」

「你！你說什麼！你說我胖！」潘漢德最忌諱有人嘲笑他的身材，咆哮道：「我不是胖，我是壯，是壯！」他氣得臉紅脖子粗，捲起袖子就想教訓林志仁。

「你要動手嗎？太好了，我就怕你只會出一張嘴呢！」正當衝突一觸即發，訓導主任拿著藤條，走在去通風報信的同學身後，來到高年級的走廊。潘漢德見到訓導主任的身影，整個人本來劍拔弩張的樣子一下子縮了起來。

「都在幹嘛呢？你們沒聽到剛剛午休鐘聲響了嗎？都給我進教室睡覺去。」訓導主任對潘漢德和林志仁說。

潘漢德和林志仁，兩人互瞪一眼，這才分別走回自己的教室。

「我們走。」林志仁對蕭倍任說。

「喔！好。」蕭倍任跟在林志仁身後，他內心有股說不出的感激，從以前到現在，從來沒有人為他伸張正義。林志仁讓蕭倍任第一次感受到，什麼叫友情。

午休之後，下午開始第一節課，這堂課由導師王老師親自上，是高年級才開始的作文課。

王老師走進教室，沒有如往常一般，直接拿出經典文章請同學們先看，而是一臉嚴肅的面對班上同學。

王老師喝了一口熱茶，緩緩說：「我聽訓導主任說，今天中午有人不乖乖睡覺，想要惹事生非，有人能夠告訴我，是怎麼一回事嗎？」

同學們聽到王老師的話，面面相覷，大家都不敢說話。

王老師早料到同學們不好意思當著大家的面當「報馬仔」，於是和過往一樣，他看著班長，問說：「花花，妳是班長，理當瞭解班上的全部情況，妳可以告訴老師中午發生了什麼事嗎？」

林花花身為班長，她一直是師長和同學眼中的乖孩子，她知道老師會問自己，雖然很不想被討厭，尤其被這學期一來到學校，就深深吸引住自己目

光的林志仁，面對老師的提問，她還是沒有辦法不說。

林花花面露為難之色，說：「今天中午……這個……有人在走廊上跟其他班的同學吵吵鬧鬧。」

「只是吵吵鬧鬧？」王老師微微提高音量，問說。

「嗯！就只有吵吵鬧鬧而已。」

王老師見林花花已經盡可能的說出自己知道，並且能說出的內容，也不為難她，說：「坐下。」然後，王老師目光掃過全班，最後特別停在林志仁身上，說：「同學們，還記得老師一直對你們說，學校是求學的地方，求學為的就是要達到一個最高的理想，當一個對社會有用的人。這就是為什麼我們要受教育，因為我們現在所學的，未來將幫助我們讓這個社會更好。」跟著，王老師拿出他最熟悉的那套四書五經，又開始對同學們唸起來：「各位還記得上上週，老師特別在國文課請大家背的經典閱讀中，特別提到《禮記》中〈禮運大同篇〉裡頭寫的嗎？」

同學們紛紛低下頭，他們最不想聽到的，就是王老師提起經典閱讀的課文，因為這意味著他又要叫人起來背誦課文給他聽。但同學們最討厭的就是背誦死掉幾千年的古人寫的古文，這些古文對孩子們來說沒有什麼意義，就只是一種頭腦體操，而且很枯燥。

班上唯一沒有低下頭的有兩個人，一個是林志仁，另一個是蕭倍任。前者天不怕、地不怕，自然不怕背誦課文給老師聽；後者則是搞不清楚情況，他還不瞭解老師的習性。

王老師知道林志仁的身份，他可不想跟縣議員的孩子鬧不愉快，萬一林志仁回家跟爸爸哭訴，天知道會給自己惹來什麼麻煩。但他轉頭看了一眼蕭倍任，他出身特教，因此他深深相信蕭倍任肯定背不出課文，與其叫他起來回答，不如問其他人還能夠讓自己不會因為學生不努力而生氣。

「罷了！」王老師一拍講桌，說：「有人背得出那段課文，老師就給他記一個嘉獎。」他望向蕭倍任，說：「倍任，你還記得那篇《禮記》中〈禮運大同篇〉的內容嗎？」蕭倍任搖搖頭，對王老師傻笑。

王老師想要給林志仁一點教訓，偏偏自己沒骨氣，不敢真的行動，他一股腦兒的氣，這時忍不住宣洩而出，對蕭倍任喝道：「真搞不懂你，你每天來學校上課，除了吃午飯跟睡午覺，你還會做些什麼？功課寫得一塌糊塗，考試也考個滿江紅。倍任，你有一天會長大，有一天要自己獨立生活，像你這個樣子，要人怎麼放心？以後對社會又有什麼貢獻？唉……或許你應該回家好好跟家裡人談一談，談談自己的未來。」

王老師說得語重心長，與此同時卻又帶著刺。孩子哪能承受大人如此不留情面的指責，儘管蕭倍任對於大人說的話總是一知半解，但此刻王老師對他說的，他大略瞭解老師的意思，不禁難過起來。

蕭倍任抽抽噎噎的聲音，驚動旁邊的同學，同學舉手說：「老師，傻冬……我是說蕭倍任他哭了。」蕭倍任擦擦眼淚，他覺得自己實在太沒用了。

林志仁站起來，對著老師，不疾不徐的背出課文：「大道之行也，天下

為公。選賢與能，講信修睦。故人不獨親其親，不獨子其子，使老有所終，壯有所用，幼有所長，鰥、寡、孤、獨、廢疾者皆有所養。男有分，女有歸。貨惡其棄於地也，不必藏於己；力惡其不出於身也，不必為己。是故謀閉而不興，盜竊亂賊而不作，故外戶而不閉，是謂大同。」

同學們聽林志仁背得輕輕鬆鬆，抑揚頓挫都很清晰，彷彿整篇課文都印在他的腦海裡，越發崇拜他了。

「好！背得好！各位同學，你們都看見了，林志仁是你們的好榜樣，你們應該要努力唸書，把書背得滾瓜爛熟，再來學校給我上課，這樣效果才會好。」王老師說。

「老師，那時候您叫我們背這篇課文，但課文中有幾點我不是很明白，可以請老師解釋給我們聽嗎？」林志仁問說。

「當然可以，老師的工作就是要為同學們解惑。」王老師笑說，他見林志仁對學問有熱忱，心底頗為欣喜。林志仁說：「老師，什麼是大同呢？」

「大同嗎？這個，大同就是一種社會的理想狀態。」

「什麼樣的理想狀態？是像《聖經》裡頭的天堂那樣嗎？」

「哈哈！當然不是，天堂那個太不切實際了，至少在我們活著的這個世界，不可能有那樣完美的狀態。」

「那不然該怎麼解釋呢？」

「其實答案就在課文中，所謂『大同』就是社會上每個人各司其職，每個人都把自己的工作做好，如此一來，社會就會和諧安康。所以一個大同世界，就是一個理想世界，就是一個每個人都能安居樂業的世界。」

「我懂了，那麼文章中寫道『故人不獨親其親，不獨子其子，使老有所終，壯有所用，幼有所長，鰥、寡、孤、獨、廢疾者皆有所養。』也是老師理想的世界嗎？」

「當然，《禮記》是篇偉大的作品。我們身為炎黃子孫，理當努力實踐老祖宗描繪的這個理想世界。」

「老師，如果我對課文的理解沒有錯，理想世界中包括社會的每一個人，而這些人包括所謂的『鰥、寡、孤、獨、廢疾者』，這些人就是現在我們社會上有著身心等各方面障礙，需要幫助的人，對嗎？」

「沒錯！世界上並非每個人都出生在富裕家庭，也不是每個人都有如愛因斯坦一般聰明的頭腦，更不是每個人都長得像是奧黛莉赫本那般漂亮。反過來說，世界上有些人出身貧寒，有些人際遇不好，有些人天生就是在生理上有缺陷，而一個理想世界不會放棄這些人，反而是要幫助這些弱勢族群找到一個安身立命的避難所。」

林志仁點點頭，像是頗為同意王老師的解釋，然後說：「老師，既然您同意那是一個我們應該追求的理想社會，那麼您是否也應該多多包容在我們身邊，而不僅僅只是書本中的那些『鰥、寡、孤、獨、廢疾者』呢？」

王老師這才恍然大悟，瞭解林志仁的意思，林志仁是在提醒自己，班上正有著老師所說需要大家幫助的弱勢者，像是蕭倍任這樣頭腦比不上一般人聰明，卻活生生的存在於我們四周的人。雖然是因為一時情緒，王老師才會對蕭倍任說出一些傷人的話，但有能力的人應該幫助那些沒有能力的人，就像《禮記》中所描述的那樣，理想世界才有可能實現。

想到這裡，王老師覺得有些羞愧，對於自己當老師十多年，竟然一時不察，忘了最基本待人處事的道理，不禁臉紅。

「你坐下。」王老師請林志仁坐下，接著對蕭倍任說：「倍任，老師剛剛說得過份了些，希望你多多包涵。」蕭倍任聽到老師跟自己道歉，心情馬上轉換過來，笑說：「不會啦！我才要請老師多多包涵。」林志仁對蕭倍任舉起大拇指，蕭倍任也高興的對林志仁舉起大拇指。蕭倍任比同學們笨，但天無絕人之路，班上出現一位瞭解他，保護他的好朋友林志仁。有了一位好朋友在身邊，本來辛苦的日子，頓時顯得前途光明。當然，林志仁這一番勇敢又睿智的表現，讓班上的女同學更加迷戀他了。

05. 茶攤子的主人病了

「都給我搬上車子！」

蕭冠傑在冬瓜田裡，對著伙計們吆喝著。

趁著最近天氣晴朗，沒有下雨，蕭冠傑忙著採收冬瓜。冬瓜和其他大部分的瓜類一樣，都不能吸收太多雨水，輕則瓜會失去原有的風味，重則變成腐爛無法食用的有機垃圾，到時農作物反而轉為損失。

種植好的冬瓜，是蕭家茶攤能夠一直保持聲譽的重要關鍵。冬瓜的品質因為把握在自己手中，不會有良莠不齊的困擾，也不會被瓜農和農產品中盤商和大盤商控制出貨量。另一方面，這也成為蕭家茶攤能夠壓低售價，在市場上難以遭逢對手的原因。

蕭冠傑盯著伙計們，就怕他們粗手粗腳的，一不小心傷了冬瓜。

冬瓜看起來好大個頭，像是瓜中的巨無霸，只怕西瓜見了它都得低頭。其實冬瓜也很脆弱，禁不起摔打。

蕭冠傑站在路旁的發財車旁，仔細檢查伙計們從田裡摘下，扛到車上的

冬瓜。他俐落的用右手食指和中指關節敲打瓜皮，附耳傾聽冬瓜的響聲，用以判斷瓜內水分、果肉緊實程度。

「叩叩……」蕭冠傑測試著每顆冬瓜，嘴裡喃喃自語：「嗯嗯！這顆瓜不錯。」、「唉呀！這顆怎麼水水的，不太行啊！」、「這皮怎麼回事？大牛，你剛剛怎麼搬的？我不是要你小心一點，怎麼把這兒都撞破了呢？再這樣胡搞，小心我扣你工錢。」

不是每一顆冬瓜都能做成冬瓜茶，冬瓜得經過挑選，就像選美，水分和果肉都達到平衡的瓜才能利用。

花了三個多小時，終於把兩畝冬瓜採收完畢，一輛發財車載著冬瓜，另一輛載著伙計，緩緩駛回市區。

蕭家的透天厝旁邊有塊空地，是家裡用來曝曬冬瓜條的地方。

冬瓜一運到家，騎樓一樓內部大有玄機，早就改成製作冬瓜茶的小工廠。裡頭附近來打臨時工的婆婆媽媽們，她們將冬瓜削皮、去仔，然後切成條狀。經過一定程度的曝曬，才能成為冬瓜茶的原料。

有了冬瓜，還要有做成好喝冬瓜茶必備的黑糖。

為了做出最頂級的冬瓜茶，蕭家從日本沖繩進口頂級黑糖，這種黑糖甜而不膩，能夠與冬瓜完全融合，甜味與香氣沒有哪個會蓋過對方，做出來的冬瓜茶喝得出香甜與冬瓜滋味。

剛運到家裡的冬瓜，還不能直接做成冬瓜茶。已經完成曝曬工作的冬瓜條，蕭冠傑親自監督，將冬瓜條與黑糖混在一起，開始進行熬煮工作。這工作說來簡單，實則辛苦。必須不斷攪動，好讓冬瓜和黑糖混在一起，並且避免結塊，以及增加與空氣接觸的面積。大約八個小時的時間，必須不斷的熬煮。這道工法，蕭家比其他一般市售的冬瓜茶耗費一倍以上的時間，但唯有慢工出細活，才能造就傳承三代的好味道。

冬瓜、黑糖，這兩樣主要的素材之外，還有蕭家的獨門絕活，但這配方只有少數人，也就是蕭家當家指定的繼承人才能一窺祕方的內容。蕭冠傑偏

用的伙計，以及來幫忙的婆婆媽媽們，沒有人知道祕方究竟有些什麼。過去出現過幾次，有人想要竊取祕方，但他們都沒有成功，因為蕭家人保密到家，把祕方當成生命一樣看待。

煮好的冬瓜茶，最後以手工純棉製成的紗布，將熱騰騰的冬瓜茶中不能溶解的碎渣過濾，然後將湯汁冷卻，做成濃縮液體。跟著，再直接送進大冰櫃裡頭冷卻。如此冬瓜茶的基本內容已經完成，剩下的就是每日取出一定數量的冬瓜茶濃縮液，採取固定比例稀釋，便能送到市場的茶鋪販售。

蕭冠傑看著伙計們攪動著大鍋子裡頭，正用文火熬煮的冬瓜湯，旁邊三台工業用風扇吹著伙計們，好讓他們不會感覺溫度太熱。

他自己頭有點暈眩，他用力甩了兩下，好不容易暈眩感消失，找了張椅子坐下來。

跟著蕭冠傑身邊工作多年，也是蕭冠傑父親時代工作到現在的老員工劉老吉，他看蕭冠傑好像有點不舒服，關心說：「老闆，您看起來臉色很蒼白，這裡有我看著，您要是身體不舒服就先回房裡休息吧！」

「開玩笑，我蕭冠傑壯得像頭牛，而且這活兒從以前到現在，都要有個最懂冬瓜茶的人在旁邊看著，畢竟攪動冬瓜湯看起來簡單，其實裡頭有許多學問。不時還要嘗一下味道，甜味不夠要加黑糖，甜味太過要加水，味道走偏了，該把其他材料怎麼調整，這都是身為老闆，身為茶鋪當家必須要做的份內事。」

「我懂您的辛苦，可是身子還是要緊，您可別忘了，當年的當家可就是一個沒留神，健康就這麼一去不復返了。」

提起過往的傷心事，蕭冠傑想起哥哥走得早，有些難過，說：「我都知道，可是又該怎麼辦呢？以前我老爸可以做得到，我相信我也可以。老吉叔，我自己的身體我清楚，你就甭擔心了。」

蕭冠傑感覺自己坐在椅子上，不再有暈眩感，他想要站起身看看工作情況，結果才一站起來，就覺得眼前一黑，腳步跟著不聽使喚，他重重的倒在

地上，失去了意識。

「老闆！」

「冠傑！」

伙計們見到蕭冠傑突如其來倒在地上，大夥兒亂成一團，都慌了。

劉老吉比較有經驗，他照顧過生病倒下的蕭冠任，他立刻指揮其他人說：「大牛，你快打一一九叫救護車。小明，現在就去通知老闆娘。其他人不要圍在這裡，你們留點空間，好讓老闆有辦法呼吸空氣。」

五分鐘後，救護車駛到蕭家門口，醫護人員抬出擔架，很迅速的對蕭冠傑進行處理。醫護人員量了蕭冠傑的脈搏，說：「他的脈搏很微弱，我們這就送他去省立醫院。」

「麻煩了。」劉老吉對醫護人員說。

打手機給老闆娘的伙計，打了好幾通，都沒聽到老闆娘接電話，跑去跟劉老吉報告：「老吉叔，老闆娘沒接電話。」

衝。

「沒接電話，那你們還不趕快去市場茶鋪子給我找去！」

「是！」兩位伙計聽到劉老吉焦躁的指示，立刻騎上摩托車，往市場衝。

市場人來人往，買菜、買水果的家庭主婦，以及其他來逛市場，還有在市場穿梭送貨的小販們，把市場擠得水洩不通。

伙計見狀，大聲鳴按喇叭，平常都被大家稱讚位置好，位於市場中心的攤位，現在卻顯得不便。伙計們好不容易來到茶鋪，沒見到老闆娘，只見到蕭倍任一個人顧攤。

「老闆娘呢？」伙計上氣不接下氣，問蕭倍任說。

蕭倍任搖頭說：「我也不知道。嬸嬸說有事，然後人就不見了。」

「她沒說要去哪裡嗎？」

「沒有。」

兩位伙計找不到老闆娘，他們不敢空手回去覆命，兩個人互望著都不知道該如何是好。

傅瑞怡看兩人慌張，問他們說：「你們是茶鋪的伙計吧？看你們神色緊張的樣子，發生什麼事了嗎？」

伙計知道傅瑞怡也算蕭家人，便對她吐實說：「小姐，老闆他……他突然病倒了。我們是受老吉叔命令，要來市場找老闆娘去醫院看看情況。」

「什麼！出了這樣的大事。」傅瑞怡聽到情況嚴重，她想了一下胡樂芳這時可能會去的地方，接著說：「今天是禮拜三，通常禮拜三下午樂芳舅媽應該在……啊！我知道了。」傅瑞怡左拳往右手掌心一拍，說：「這時候舅媽應該在『就是美』髮廊洗頭，她每個禮拜三跟六都要去一次的。」

「謝謝小姐。」

兩位伙計謝過傅瑞怡提供的訊息，騎上摩托車前往髮廊。

正如傅瑞怡猜測的，伙計在髮廊找到胡樂芳。

胡樂芳坐在椅子上，一位燙著一頭大捲髮的髮型師正在為她吹整造型。

伙計跑進髮廊，胡樂芳見到他們髒兮兮，滿頭大汗的樣子，覺得很失禮，不高興的說：「你們怎麼跑來了？今天下午不是要在家裡煮茶嗎？你看看你們這個狼狽的樣子，這裡可不是我們家廚房。」

「老闆娘，不好意思。」一位伙計連忙道歉。

另一位伙計可不管老闆娘心情好壞，對她說：「不好了，老闆他昏倒了，請您趕緊去醫院吧！」

胡樂芳整個人癱軟在座椅上，用顫抖的雙唇說：「你們……你們說我家阿傑怎麼了？昏倒了？他現在在哪個醫院？」

「省立醫院。」

胡樂芳顧不得頭髮造型，拿出一張五百塊丟在桌上，跟著兩位伙計就往醫院衝去。

茶攤這兒，傅瑞怡對蕭倍任說：「你叔叔他生病了。」

「我剛剛有聽到，不知道嚴不嚴重。」

「看他們慌張的樣子，我想情況肯定不怎麼樂觀。」傅瑞怡想起三年前，她曾經跟著大人們，在病榻旁親眼看著蕭倍任的父親離開人世。她怕這次的事件會讓蕭倍任想起這段傷心往事，擔憂的望著表弟。

蕭倍任臉上滿是憂愁，他很擔心自從父親離世後，一肩扛起家計，照顧他已經三年的叔叔。

「你想去醫院吧？」傅瑞怡問蕭倍任說。

「想啊！」蕭倍任完全沒有說謊。

「想去就去。」

「可是嬸嬸要我好好顧著攤子。」

「笨蛋，我可以幫你顧啊！反正等一下我爸就要來了，而且我們兩家的攤子緊鄰著，沒什麼好擔心的。」

「我怕嬸嬸生氣。」

「倍任啊！世界上有些事情比惹大人生氣更嚴重，你只管去，有什麼事情表姊替你扛著。」蕭倍任還是很猶豫，這時林志仁恰好出現。他對蕭倍任放學後要顧攤這件事很好奇，回到家換上便服，特地跑到市場來。

林志仁見蕭倍任和傅瑞怡兩個人，走過來說：「你們好。」見到他們一臉擔憂，問道：「怎麼了？你們怎麼都一副難看的臉？」

「我叔叔他病倒了。」

「什麼？那還不快去醫院看他！」

「可是我離開的話，怕嬸嬸會罵，嬸嬸她要我一直顧著攤子。」

傅瑞怡插口，對林志仁說：「我跟這小笨蛋說，叫他儘管去醫院，我會幫他顧攤，可是他猶豫得很，就是不敢去。」

林志仁一拍胸口，說：「快去吧！這裡交給我，我幫你顧。」

「真的嗎？」蕭倍任想林志仁很聰明，這件事情交給他應該沒問題，向林志仁說了謝謝，便去醫院看望叔叔。

06. 尋找繼承人

醫院有股特殊的氣味，像是消毒水，以及多年沒有散去的霉味。乍看之下每一處都很乾淨，白色的牆壁配白色的床單，以及穿著白袍的醫生和白衣護士，但那種氛圍，任何健康的人都不會想平白無故踏進去。

蕭倍任從市場，一路往醫院跑來，將近五公里的路程，蕭倍任中途沒有休息，他不斷跑著，像是生怕再也見不到叔叔似的。

來到醫院，蕭倍任走進大門，門口擔任志工的阿姨看到他在大廳東張西望，問他說：「小朋友，你來看醫生嗎？」

「不，我來找我叔叔。」

「你叔叔？我懂了，你是來探病的吧？你叔叔在哪一間病房？」

「我不知道，我聽家裡其他的叔叔說他病了，被送到醫院來了，所以我跑過來要看他。」

「剛剛送過來嗎？」

「對。」

「你要不要去急診室問問，如果剛送過來，很可能就在那裡。」

「謝謝。」蕭倍任說完，跑了兩步，又回頭問道：「請問急診是在哪裡？」

阿姨指著左方地上一道紅漆，說：「只要沿著這條線走，就會到急診室了。」

蕭倍任再次感謝阿姨，然後順著線開始走。

急診室，這次蕭倍任沒有再認錯，家裡的伙計，以及嬸嬸都在那裡圍著一張病床。

蕭倍任走過去，在人後頭說：「叔叔怎麼了？」

劉老吉聽到蕭倍任的聲音，拉著他的手到一旁，另一隻手在嘴巴上比了一個小聲的手勢，說：「你叔叔剛剛接受急救，現在在等檢驗報告，很可能等一下就要送進開刀房。」

「叔叔他病了嗎？」

「對，這時候你應該要比平常更乖，大人們都忙著，沒有時間照料你，你要好好照顧自己。」

「我會的。」

「小少爺最乖了。」劉老吉摸摸蕭倍任的頭，笑說。

十多分鐘後，醫生拿著檢驗報告，以及幾張X光片，來到蕭冠傑的病床旁，他問說：「誰是蕭冠傑先生的家屬？」

胡樂芳連忙舉手，說：「我就是，我是他太太。」

醫生說：「我要跟妳交代一下妳先生的情況。」

「好的。」

「透過X光片，以及蕭先生的病史，我們推斷很有可能是肝炎發作，目前腎功能也受到影響。蕭太太，蕭先生他沒有打過B型肝炎疫苗吧？現在我們看X光片，以及血液檢驗的結果，暫時得讓蕭先生留院觀察，並且要進行洗腎。」

「洗腎？那可得花很多錢，而且要洗一輩子。天啊！我家冠傑肯定會瘋掉。」胡樂芳哭喊著說。

醫生解釋說：「蕭太太，妳千萬不要胡思亂想，因為現在蕭先生的腎功能指數很低，我們想讓他的腎暫時好好休息。洗腎只是暫時性的治療手段，等待蕭先生在治療後身體機能恢復，就不用繼續洗腎了。」

「那就好。」胡樂芳鬆了一口氣，跟著問說：「請問我先生什麼時候會醒過來呢？」

「我想藥效應該快退了，應該一個小時之內就會醒過來。不過，病人的身體現在還很虛弱，我建議暫時就讓他好好休息。」

「謝謝醫生。」

胡樂芳向醫生鞠躬道謝，其他伙計們見老闆娘跟醫生鞠躬，也都跟著做。

又過了半個多鐘頭，蕭冠傑從昏迷中醒轉過來，他用迷茫的眼神盯著天花板，然後轉頭看到身旁盡是些平常熟悉的工作夥伴，以及最愛的老婆，還有站在大人人縫間，哥哥的遺孤倍任。

胡樂芳盼到丈夫清醒，緊握他的手，流出欣喜的眼淚，說：「阿傑，你總算醒過來了。你知不知道，我聽到底下的人跟我說你倒下了，我有多焦急、多擔心害怕，現在你醒過來，我可放下心中那塊大石了。」

蕭冠傑身體還處於不舒服的狀態，但老婆傷心的模樣更讓他心疼，他勉力說：「樂芳，不好意思，讓妳擔心了。我想可能最近天氣燥熱，我又沒有好好注意身體，所以才會中暑。」

「阿傑，你這次可不是中暑這麼簡單的問題。等一下醫生來了，讓醫生跟你說。」

醫生從護士那裡聽到蕭冠傑醒過來的消息，立刻過來替他簡單檢查了一下，然後跟他交代病情。

蕭冠傑知道自己的肝不太好，自己以前沒有打過疫苗，年輕的時候經常應酬，在外頭和客戶、朋友喝酒，以前肝就出過毛病，而這一次可以說比過去出過的毛病都要嚴重。

醫生也對他耳提面命：「蕭先生，你這次可得好好在醫院靜養，這段期間我們會為你安排幾個比較詳細的檢查，好釐清身體的情況。」

「醫生，請問我多久才能出院。我們茶鋪就靠我一個人主持大局，相信您也清楚，我們蕭家的茶鋪在整個台灣東部都很出名，很多人都喝我們家的茶長大。」

「我知道，蕭先生。可是身體要緊，檢查這種東西急不得，更何況我們還要治療你的身體。我保守估計，你最少要在醫院住上三天。」

「三天？這麼久啊！」蕭冠傑算著冬瓜茶和其他茶類存貨的數量，他可不希望蕭家茶鋪面臨斷貨危機。

醫生猜測到蕭冠傑的想法，說：「蕭先生，我知道你很想趕快回到工作崗位，可是有些事情由不得你。勉強自己的身體，最後吃虧的還是你自己，我建議你想想家人，相信你會做出正確的選擇。」

胡樂芳附和說：「是啊！阿傑。我們家上下都需要你，你休息三天……不！別說三天，家裡的冬瓜茶和其他茶已經準備好的存量足足夠賣上七天、十天的。你只管養病，一切都不會有問題。」

「好吧！那就麻煩你們了。現在你們都回去工作吧！」蕭冠傑瞭解到自己的身體已經禁不起揮霍，無奈的對在場的伙計們說。然後，他又對劉老吉說：「老吉叔，你是我們家的老員工，大小事情你比我還清楚，我不在這幾天，茶鋪就全交給你了。」

「老闆，您只管專心養病，我劉老吉絕對會讓蕭家茶鋪如過去一般平平安安的營業。」

「我對你很放心。我該說的都說了，你們既然都知道，那就趕快回去。讓我一個人在這裡休息幾天，沒事的。」

蕭冠傑把大夥兒都送走，伙計們走光後，就剩下胡樂芳和蕭倍任。

「倍任，你過來。」蕭冠傑向蕭倍任擺擺手說。

「叔叔，您還好嗎？」蕭倍任說。

「放一百二十個心，叔叔好得很。叔……咳咳咳……」蕭冠傑想讓孩子放心，但才說完，又跟著咳嗽起來。

胡樂芳輕拍蕭冠傑的背，說：「你就別說話了，乖乖躺著吧！」

蕭冠傑說：「不礙事。」

「叔叔，您一定要快點好起來喔！」

「哈！我會的。倍任啊！最近學校功課什麼的都還順利嗎？」

「都很好。」

「那就好。」

蕭冠傑好一陣子沒關心過蕭倍任的課業，現在他倒下了，有很多時間可以追進度。胡樂芳可不希望老公在這節骨眼嘮嘮叨叨的，畢竟一直說話，身體等於沒有休息。她用眼神向蕭倍任示意，又偷偷用手指了指手錶，可惜蕭倍任完全沒有察覺到嬸嬸的暗號。胡樂芳打暗號的目的，是希望告訴蕭倍任：「少說點話，多讓叔叔休息。」

「樂芳，妳帶倍任一起走吧！」

「你說這什麼傻話，我當然要在這裡陪你。」

「有什麼好陪的，住院就住院，等一下護士小姐會把我推到指定的病房，然後接下來三天我就每天乖乖吃藥，接受檢查，妳留在這裡也幫不上忙，還是回去茶鋪子顧攤吧！」

「阿傑啊！你要我怎麼放心得下。」

「樂芳，我很好，真的很好。這三天我答應妳我會乖乖在醫院躺著，醫生要我幹嘛，我就幹嘛，絕對會趕快讓自己好起來。茶鋪子現在妳不在，倍任也不在，萬一老客人來沒見到熟悉的蕭家人，買不到我們家的茶，肯定會很失望。」

「你就只知道顧著生意。」

「哈哈！我們蕭家就靠著這賣茶生意。不好好顧著，難道要去喝西北風嗎？」

胡樂芳平常不喜歡看丈夫開些無聊玩笑，但現在這時候，蕭冠傑每說一句笑話，她就放心一分。畢竟一個會說笑話的人，肯定健康還不算太差。

「我晚一點再來看你。」胡樂芳親吻丈夫的臉頰，說。

「去吧！」

當天夜裡，蕭冠傑躺在病床上，他望著天花板，想著自己的身體，想著

早早離開人世的哥哥，他突然覺得自己肩負一家之主的責任好重。但這個重責大任，他自己也沒把握還能扛多久。

最壞的念頭，不斷在他的腦海裡浮現。

「萬一我就這麼走了，茶攤怎麼辦？祖傳祕方現在在我手上，可是也只有我知道祕方的內容。一旦我突然死掉，蕭家的祖傳祕方就會消失在這個世上。不行！我不能就這樣讓蕭家三代基業毀在我手裡。」

蕭冠傑意識到，該是尋找一個未來接班人的時候了。

07. 表姊的笑容不見了

水生國小放學時分，校門外聚集許許多多等待接送孩子回家的父母，以及停了幾輛準備把孩子接到安親班，或者補習班的小巴士。

不同於國小放學的情況，古莊國中放學時分，見不到太多家長，進入國中的孩子們，父母對於他們能夠自己一個人上放學的能力更有信心。

這讓放學也能夠成為國中生們互相交流的好時機，只要在放學回家路上繞一下路，朋友們就可以互相交流。打球的打球、談天的談天，孩子總是能夠找到一個晚歸的好理由。

這一天，最後一節課的鐘聲還沒響起，傅瑞怡就忙著把書包收拾好。

「噹……噹……」

鐘聲一響，傅瑞怡拎起書包，頭也不回的走出教室。

明明不過三十出頭，卻已經頂著地中海禿髮，身材相較一般中年人微微發福，傅瑞怡的導師潘老師見傅瑞怡走得快，等不及他交代完今天的注意事項。

他趕忙走出去，叫住傅瑞怡。

「傅瑞怡，傅同學，怎麼走得這麼趕？」

「老師，不好意思，最近家裡有人生病，所以我必須早點回家幫忙。」

「生病？爸爸嗎？還是媽媽？」

「都不是，是我的舅舅。」

「瞭解了，就是蕭家茶鋪的老闆對吧？這件事情我已經從我老婆那裡聽說了，她可是你們家族茶鋪的死忠粉絲。」

「我會轉告舅舅的，他聽到一定會很高興。」

「對了！」

潘老師拿出一個牛皮紙袋，從它的厚度來看，裡頭大概裝著一本小冊子，或者三、四十頁左右的文件。

「這是給我的嗎？」傅瑞怡有點疑惑的問老師說。

「沒錯，這是給妳的。」

傅瑞怡從牛皮紙袋中拿出一本冊子，上頭寫著《七年級到九年級的亞洲數學競賽考古題》。傅瑞怡看了之後說：「老師，這是什麼意思？」

潘老師解釋說：「傅瑞怡，老師必須說，我看過妳的檔案。天啊！真是太讓我訝異了，妳的國小數學幾乎每個學期都以將近一百分的分數收尾。學校入學的時候，也舉辦過小型的會考，用來做為分班的參考。妳的數學能力遠遠高於一般學生，我想妳很有朝這方面發展的潛力。」

「謝謝老師誇獎，我自己也對數學相關的知識很有興趣。」

雖然教育部明文規定不能再進行傳統的能力分班，將學生分成上、中、下段，更不能有所謂的放牛班。

常態分班，給予學生們一個更加平等的學習環境，彷彿才是國中、高中教育的方針。

然而，實際上仍有許多學校用各種方式來規避教育部的規定，繼續實施能力分班。

尤其距離台北市越遠，越不受中央單位管轄的地方，如古莊國中，能力分班從來都沒有消失過。

新生們入學時都要接受一個小型會考，用來做為分班的依據。家長們也同意能力分班，因為大家都不希望孩子輸在起跑點上，都希望還能夠給最好的老師教導，並且跟實力相近的同學同班。

「瑞怡，妳很有潛力。要知道我們學校每年都會出現幾位數理資優的學生，他們之後的發展都非常好。不是老師『澎風』，老師已經有學生考上台大喔！只要妳願意從現在開始努力，很有機會在國一升國二的時候被分進『數理資優班』。」

「真的嗎？」傅瑞怡很興奮，她知道進入數理資優班，就有機會給學校最好的老師們教導，並且申請高中的時候也會很有利。而且數理資優班的孩子都很特別，國中就開始進行高中數學和理化等方面的課程。

「當然是真的，可是潛能要怎麼變成實力，這就是另外一回事了，也就是妳要努力實踐才能獲得的。」

「可是……」傅瑞怡本來興奮的神情，染上一層淡淡的憂鬱。

「可是怎麼了？妳對自己沒有信心嗎？」

「該怎麼說呢……我很感激老師看重我，可是我們家從來沒有女生唸到大學的，我不知道自己是不是真的做得到。」

「妳放心，妳絕對可以。小聲跟妳說，以妳智力測驗的成績，妳的智商絕對排得進全台灣人口的前百分之十。簡單說啦！妳是一個聰明的孩子。光明的未來，光明的前途都在等著妳，只要妳努力追求，成功將不是夢。」

面對潘老師宛如補習班招生廣告似的說詞，傅瑞怡覺得受寵若驚，她帶著這份喜悅的心情，抱著老師送給她的測驗本，這是她進入國中以來最開心的一天。

「謝謝老師。」

「回去好好研究這些習題吧！每天做一個單元，然後我們再來對答案，

有不懂的地方，老師會指導妳。」

經過一個禮拜的休養，蕭冠傑終於能夠自己下床走動，但他還待在醫院裡頭，沒有如早先預期的，只要住個兩、三天就能離開病房。

蕭冠傑悶得慌，他每天都擔憂著茶鋪的情況。

劉老吉每天向他報告，雖然他很放心這位家中老臣，可是過一會兒，他又會開始胡思亂想，擔心東、擔心西，好像一切沒有用自己的眼睛看到，什麼都不能相信。

其中一個他擔憂的事情，就是茶鋪的經營。蕭倍任不是一個聰明的孩子，他心裡清楚，而自己的妻子對於茶鋪經營沒有興趣，他也知之甚詳。他只能祈禱，在自己住院期間不要出什麼亂子。

除此之外，最讓蕭冠傑煩心的，就是蕭家茶鋪的未來。

蕭冠傑感覺身體一天天變差，他開始尋找能夠繼承家業的人。

很遺憾的，蕭冠傑和妻子並沒有生下任何孩子。

下一代目前能夠擺上繼承人的檯面，撇開年紀還很小，而且智商不如正常人的蕭倍任。

蕭冠傑發現自己毫無選擇，只有一個人能夠肩負起這個責任，就讀國中的傅瑞怡成為他心中首選。

對蕭冠傑來說，這個決定本身已經足以讓他倒抽幾口涼氣。

嚴格來說，傅瑞怡不算蕭家本家的孩子，所謂嫁出去的女兒有如潑出門的水，對於傅瑞怡和母親來說，蕭家只是娘家。傅瑞怡姓傅，是屬於另外一個家族的血脈。

可是除了傅瑞怡，蕭冠傑沒有任何人能替代。

更何況，蕭冠傑印象中的傅瑞怡是個聰慧且乖巧的好孩子，非常符合一個繼承人的理想條件。

「叩叩！」

蕭冠傑病房的房門被人敲了兩下，他喚道：「請進。」

傅瑞怡帶了一袋水梨，走進病房。

「這不是我的外甥女嗎？快過來給舅舅一個擁抱。」

傅瑞怡有點害羞，但她還是和蕭冠傑輕輕擁抱了一下。

「舅舅，這是媽媽交代我拿來的水果。」

「還是妳媽媽瞭解我，知道我喜歡吃梨子。瑞怡，妳想吃嗎？叔叔現在就削給妳吃。」

「不了啦！這是媽媽要送給您的，我怎麼可以吃。」

「有什麼關係，我們都是一家人，一家人之間本來就應該互相分享，妳就別客氣了。」

蕭冠傑打開抽屜，拿出水果刀，削起梨子。

他不愧是茶鋪的當家，從小培養起的刀法，能夠很輕鬆的把冬瓜皮削得乾淨俐落，現在碰上小小一個的水梨，更是得心應手。

「好棒的刀法。」

「嘿嘿！舅舅可是寶刀未老呢！」

傅瑞怡看著被蕭冠傑削成一條帶子似的水梨皮，說：「這好像緞帶。」

「哈哈！妳喜歡就帶回家收藏好了，或者掛在脖子上當項鍊也不錯。嘿！瑞怡，妳想學嗎？叔叔可以教妳怎麼樣削水果。」

「真的嗎？好啊！」

傅瑞怡總是對一切事物抱持著好奇心。

蕭冠傑拿出一顆梨子，一面教傅瑞怡，一面試著用言語瞭解傅瑞怡的想法。

「瑞怡，妳在學校過得還好嗎？妳可是我們家的驕傲，當年妳可是拿著縣長獎畢業的才女呢！」

「我不算什麼才女啦！就只是比較不喜歡看電視，比較喜歡讀書罷了。能拿到縣長獎，只是我運氣好。」

「妳是我們家三代以來，可以說是最聰明的孩子。我們家的人都不大會唸書，妳外公只有小學畢業，我則是只有唸完高職，妳媽媽也是一樣。我們的成績都不好，可是妳就不同了，妳為我們蕭家爭光。」

傅瑞怡感受到一股壓力，而且她有點不明白，為什麼舅舅突然大力的稱讚起自己。

過去，蕭冠傑對她並沒有特別注意，只把她當成一個家族中出嫁女兒的小孩。但傅瑞怡覺得這也是好事，表示舅舅開始會注意自己的情況，而且在她的小小心靈中，蕭家茶鋪充滿成長的回憶。

「我只會讀書，談不上多優秀。啊！倍任也很棒啊！他是個很乖的孩子，而且對人總是那麼溫柔。」

聽到蕭倍任的名字，蕭冠傑嘴角不再上揚，說：「我哥哥也是苦命啊！辛苦一輩子，結果老婆生產的時候難產，最後勉強產下的孩子偏偏智能不足。我哥哥當年當家，也就是在那麼多令人不開心的事情底下，才會早早撒

手人寰吧！」

「這麼說不大合理吧！」傅瑞怡幾乎脫口而出，她不認為表弟的智商和伯伯當年離開人世之間有什麼多大的關聯性。

她終究沒有說出口，但蕭冠傑的話，讓她更加不能理解今天舅舅的態度為何和過往差異甚遠。

08. 我什麼都願意做

蕭冠傑問傅瑞怡說：「瑞怡啊！妳喜歡冬瓜茶嗎？」

傅瑞怡根本不用考慮，她愛死冬瓜茶了，便說：「喜歡啊！」

「很喜歡嗎？」

「很喜歡。」

「我發現妳對事物都很好奇，譬如剛剛看到舅舅削水果的技術不錯，妳會想要學，其他事情如果也讓妳好奇，妳也會想要弄清楚那件事情不可嗎？」

「基本上是這樣吧！哈！可能我比較怪。」

「不不不！這一點都不怪，這是好事。舅舅書唸得不多，但我知道西方有一個哲學家說過：『寧願當不滿足的人，也不要當滿足的豬。』讀書最重要的就是一顆好奇心，好奇心讓人們願意學習，人們學習才會創造新的東西、新的事物。」

「我懂您的意思，就像古代人們以為月亮上住著嫦娥、玉兔，人們對月

亮上有什麼一直很好奇，後來經過不斷的研究，終於能夠發明望遠鏡，以及可以登上月球的太空梭，一解對於月球的好奇，也開拓了人類對於外太空的認識。」

「太棒了！妳完全瞭解舅舅的意思呢！」蕭冠傑聽傅瑞怡口齒伶俐，看她腦筋活動得很快，心裡更加堅定想要選她做為繼承人的念頭。

傅瑞怡今天一直被稱讚，她感覺身子有點輕飄飄的，好像快要飛起來。

「妳說妳喜歡冬瓜茶，那妳會想要學學怎麼做冬瓜茶嗎？還有其他我們茶鋪賣的茶？」

「聽起來蠻有趣的，可是這不是我想學就能學的吧？」

「哪的話？妳是我們蕭家的一份子，我們是一家人，一家人之間沒有祕密，只有互相信賴。」

傅瑞怡回想母親似乎曾經說過，製作冬瓜茶的祕方只有茶鋪的繼承者才能知道，並不是只要是家族內的人就能隨便公開祕方的內容。想到這裡，傅瑞怡想要開口發問，問清楚蕭冠傑的意思。

「咖啦咖啦……」病房的門又被打開了，蕭倍任手上抱著一瓶冬瓜茶，走進病房，他見到蕭冠傑和表姊，向他們打招呼、問好。

蕭冠傑本來笑嘻嘻的，看到蕭倍任，整個人臉色一變，說：「倍任，你怎麼來了？」

「我來幫您送冬瓜茶。」蕭倍任見到叔叔，看他健康情況大有起色，開心的說。

「攤子呢？你離開攤子，誰來顧攤子？還有誰叫你送冬瓜茶來的？我現在的身體可以喝這麼甜的東西嗎？」

蕭冠傑越說越大聲，蕭倍任有點被嚇到，支支吾吾的不敢說話。

傅瑞怡幾乎每天都在蕭倍任的隔壁攤子，兩個人見面的時間很多，她發現蕭倍任有點受到驚嚇，說：「舅舅，我想倍任不是一個任性的孩子，這冬瓜茶我猜是其他人要他送來的。」

「是這樣嗎？」蕭冠傑問蕭倍任說。

「嗯嗯！」蕭倍任說。

「好啦！我知道了，你東西放著就早點回家休息去吧！我還有事情要跟瑞怡說。」

蕭倍任問道：「什麼事情，我可以聽嗎？」

「不行！」蕭冠傑斬釘截鐵的說。

傅瑞怡說：「沒什麼，就只是和舅舅閒聊。舅舅剛剛還說要教我怎麼做冬瓜茶呢！」

「真的嗎？我也想學。」蕭倍任本來要走，聽到「怎麼做冬瓜茶」這幾個字，馬上打消主意，想了解情況。

蕭冠傑內心暗叫：「該死的，怎麼偏偏這個時候來了一個不速之客。」他原本想要神不知鬼不覺的給傅瑞怡來個潛移默化，等把傅瑞怡訓練得差不多，讓她慢慢熟悉當家應該要從事的事務，然後再慢慢的把她培養成接班

人，自己逐漸退居幕後，直到整個接班程序完整移交為止。

蕭倍任並不懂其中的玄機，他沒有將「繼承人」和「學製作冬瓜茶」兩件事情聯想在一起。他做事情，憑藉的是最純粹的熱情。

傅瑞怡則是有點意識到事情似乎不大對勁，可是一時之間又說不上來。也不知道今天是什麼特別的日子，大家都湧進醫院要來探望蕭冠傑。

蕭冠傑正為蕭倍任的出現，打亂他和傅瑞怡談話而煩惱，病房房門再次被打開，胡樂芳竟然也挑這時間來探病。

「好熱鬧啊！孩子都來了。」胡樂芳看到蕭倍任和傅瑞怡，感到很意外的說。

「嬸嬸好。」

「舅媽好。」

蕭倍任和傅瑞怡都跟胡樂芳打招呼，胡樂芳隨口應了聲：「嗯！」沒特別想答理他們。

「你們兩個孩子都回去吧！這裡有我照料，你們叔叔（舅舅）不會有事的。」

「可是我們剛剛還在問叔叔何時要教我們做冬瓜茶。」蕭倍任對胡樂芳說，胡樂芳一聽，勃然大怒。她額頭冒出青筋，可是她為了面子，勉強忍住怒氣，對兩個孩子說：「我真的覺得你們應該離開了。」

傅瑞怡見狀，拉起蕭倍任的手，對兩位大人說：「我和倍任先走了，舅舅、舅媽，再見。」

蕭倍任還想多坐一會兒，可是傅瑞怡只管拉著他的手，不給他掙脫的機會。

兩人走出病房，沒等扣上房門，就聽到病房內胡樂芳大聲咆哮。

「阿傑，你在搞什麼鬼？剛剛倍任說什麼教做冬瓜茶啥的，究竟是什麼意思？為什麼要教孩子做冬瓜茶，這不是只有當家可以幹的活兒嗎？」

「妳冷靜點，我是為了家族的未來著想。」

「家族的未來？阿傑，該不會你想的事情正如我所預料的一樣吧？」

蕭冠傑平常在伙計面前是個喜歡發號施令，相當有男人味，以及老闆架子的大男人。可是在家裡，蕭冠傑是個怕老婆，妻管嚴的小男人。胡樂芳質問他，他竟然語塞，好像一個被老師抓到小辮子的學生，抬不起頭，靜默著接受老師的訓話。

「現在開始找繼承人，你不覺得太早了嗎？」

「哪裡早？這次住院，我深深的發現該是培養一個繼承人的時候了。」

「好！那我問你，如果要找繼承人，你打算找誰？蕭家最年輕的這一代，不過就兩個孩子啊！」

「遠房親戚那邊也有孩子，只是不熟而已。」

「你不要轉移話題。」

「好嘛！我不轉移話題。」

「你該不會在打蕭倍任的主意吧？你要知道，那個傢伙腦袋可不怎麼靈

光。」

「怎麼可能？我又不是傻了，當然是考慮傅瑞怡。」

「可是傅瑞怡姓傅，不姓蕭，你意識到這一點了嗎？她可是傅家人，不是蕭家人。你把一身絕技教給她，難道不怕蕭家單傳的祕方，就這麼流入其他人之手？」

「我懂妳的顧慮，可是我真的沒有更多選擇了。就算不姓蕭，瑞怡好歹算是半個蕭家人，她的母親就是我的姊姊，並且瑞怡可是一位聰明的孩子。」

「對對對，我都聽膩了，不過就是國小畢業拿了一個縣長獎，你沒聽過『小時了了，大未必佳。』的成語嗎？現在你看她聰明，我看她終究還是只有一個在菜市場顧攤子的命。她是賣油飯、豆腐湯攤子的老闆女兒，不是你跟我的女兒。」

「傅瑞怡從小就懂事、聽話，十分顧家。我認為自己的選擇沒有錯！」

蕭冠傑本來一直隱忍著，但胡樂芳越說越激動，他也不甘示弱起來。

胡樂芳還是比蕭冠傑技高一籌，她完全抓住蕭冠傑的弱點。當蕭冠傑示弱，她就展現強勢的一面，主導所有的事；當蕭冠傑強硬起來，她就展現自己柔弱的一面，以柔克剛。

胡樂芳的眼淚撲簌簌的流下來，蕭冠傑看老婆流淚，內心萌生罪惡感，安慰胡樂芳說：「對不起，我剛剛說話太激動了。」

「哪裡，我只是一個小小的女人家，哪裡比得上你這位大茶鋪的大老闆。我說什麼都沒有份量，只有你說的話才是話，才是大家都要聽的聖旨。」胡樂芳一面說，一面拭淚。

「老婆，親愛的老婆，妳不要多想，我蕭冠傑誰都不理，就是不能不理妳。我為我剛剛的失言道歉，妳就別再跟我計較了。」

「好吧！我不計較，但是你要暫時收回現在就找繼承人的念頭。」

「這個……好吧！」迫於無奈，蕭冠傑只能暫時答應。

「你不用擔心，我們如果生不出孩子，我們還可以領養一個。你說傅瑞怡多聰明、多可愛。阿傑，我們大可以找一個更聰明、更可愛的孩子領養回家當我們的兒女，你看這樣多好。」

「領養的事我們之前不就討論過了？」

「可是我們的討論沒有下文，但我想現在可能是個重新討論的好時機。」

蕭冠傑和胡樂芳，夫妻倆開始認真討論尋找蕭家茶鋪繼承人的事宜。他們討論得很激烈，完全沒注意病房門外，蕭倍任和傅瑞怡並沒有離開，他們偷聽病房內蕭冠傑和胡樂芳的對話。聽完之後，他們兩個人都瞭解到蕭冠傑的苦衷，以及自己的命運並非全然可以由自己控制。

聽到蕭冠傑表示要另外找一位學習製作冬瓜茶的人，蕭倍任覺得很失望，因為他知道這份差事肯定不會到自己手上。被罵笨、罵呆，被疏遠、排擠，這些對蕭倍任來說早已習慣。

傅瑞怡有自己的夢想，這個當口卻沒有人為她著想。病房內，胡樂芳裝哭；病房外，傅瑞怡卻是真正為自己即將不再自由的命運，落下幾滴傷心淚。

09. 夏天

隨著開學後，時間逐漸接近第一次期中考，夏天也慢慢的走入尾聲，和人們道別。取而代之的，是有點涼爽，卻還沒有到寒冷，詩人最喜歡的秋天。

老師送給傅瑞怡的數學競賽考古題，傅瑞怡只做了開頭幾頁，後面就再也沒有接續完成。

期中考前，幾乎每天早自習都要小考，英文、數學兩科交替。下課後的時間，潘老師總想找傅瑞怡好好聊聊，關心一下她作答考古題的情況，可是傅瑞怡擺明在躲著他。一下課就往教室外頭走，一放學總是搶第一個回家。

潘老師不明白到底是怎麼回事，難道是自己的禿頭讓女學生感到不舒服，或者是數學測驗給人的壓力太大，抑或是傅瑞怡根本無心於課業。種種推斷，都比不上親自問個明白來得有效，潘老師想要了解情況，畢竟學校還是需要數理資優生，而他必須想辦法推薦出一位才行。能夠把自己的學生推進數理資優班，對他未來想要教更好的班級，以及升遷等等都會有幫助。

經過一個多禮拜的觀察，潘老師摸清楚傅瑞怡的作息。這天下課，傅瑞怡按照慣例，一下課就往外頭衝，潘老師不疾不徐，拿起公事包，不先回辦公室，而是從學校側門那邊經過一條小徑，穿過去剛好可以攔截傅瑞怡。

傅瑞怡走出校門，小跑步一會兒，回頭看距離學校已經有段距離，這才放慢腳步。

可是當傅瑞怡以為擺脫老師的糾纏，卻發現老師出現在前往市場的半路上。

「傅瑞怡，終於有機會可以跟妳好好談談了。」潘老師出現在傅瑞怡面前，對她說。

傅瑞怡看到自己被潘老師逮到，也不好再掙扎，說：「老師……」

「瑞怡，如果妳不想進入數理資優班，不想參加數學測驗，不想寫考古題，無論妳想做什麼，不想做什麼，妳都可以跟老師說。老師不希望妳用逃避的方式面對事情，因為逃避解決不了問題。瑞怡，這陣子妳總是刻意遠離教室和學校，妳在逃避老師嗎？」

「不是啦！只是家裡有事，真的沒有時間。」

「有老師可以幫上忙的，千萬不要客氣，不要小看老師，老師可以做很多事。妳是缺學費，所以每天都要去攤子幫忙嗎？如果是錢的問題，老師可以先贊助妳一些。」

「不是這個問題，我和其他孩子沒有什麼差別，他們要幫忙家務，我也是一樣。只是現在除了家裡的油飯攤，最近還開始在舅舅那邊的茶攤子幫忙，所以事情更多，時間也更少了。」

「老師送妳的數學測驗，妳做了多少？」

「不多，大概只有前面幾頁。」

「唉……」潘老師歎口氣，露出很失望的表情，說：「老師希望妳想清楚，幫忙家裡固然很好，可是想要改變環境，想要出人頭地，只有好好唸書，以後考個好學校才能爭取成功的機會。所謂有一失，必有一得。妳想要

什麼，就可能得放棄某些東西，得失之間，要哪個，放哪個，妳自己好好想想。老師以後不會再問妳關於數理資優班的事。妳自己想清楚後，再找我商量。」

傅瑞怡和老師道別後，拖著沒有精神的身子走進市場。

蕭倍任一下課就到茶攤，看到表姊沒精神的樣子，問道：「表姊，妳怎麼了？看起來好像身體不舒服。」

「倍任，我沒事。」傅瑞怡不想讓表弟擔心，故作輕鬆的說。

「真的嗎？」蕭倍任不怎麼相信，他眼珠子骨溜一轉，對傅瑞怡扮了一個鬼臉。

傅瑞怡「噗哧」笑了出來，蕭倍任看表姊終於笑了，放心的說：「表姊笑了。」

「傻瓜，你不好好顧攤子，扮鬼臉是想把客人都嚇跑嗎？」

「我不是這個意思。」蕭倍任怕被誤會，緊張的說。

「哎唷！我是在開玩笑，這個你都聽不出來嗎？」

「原來是玩笑啊！」蕭倍任一看到人認真起來就緊張，也因此難免被捉弄。

傅瑞怡打了一個大哈欠，說明最近睡眠不足。

「表姊，妳很累嗎？」

「有一點。」

「我早上出門的時候，有在一樓看到妳，妳開始學怎麼做茶了嗎？」

「對啊！舅舅要我快點開始學，所以現在我每天早上都要提早一個多小時起床，然後去你家那邊幫忙。」

「好好喔！」

「你很羨慕嗎？不然你來做好了，呵呵！」

「我想做，可是叔叔不准。」

「有些事情就是這麼矛盾，真的想做的人沒有機會做，不想做的人偏偏被勉強要去做。倍任，你真的想學怎麼做冬瓜茶嗎？」

「我想啊！我想要學。」

「倍任，我問你，你有什麼夢想嗎？」

「夢想？那是什麼。」

「就是以後想要做的事。」

「我沒有想過耶！我只是希望可以學會做茶，這樣以後我就可以繼續賣茶。」

「不錯啊！」

「表姊呢？妳有夢想嗎？」

「我當然有啊！」

「表姊的夢想跟我一樣嗎？」

「這倒是不一樣，不過……我猜我的夢想應該很難實現了。」

「為什麼？」

「就跟你一樣囉！想要做的事情，偏偏沒有辦法去做。」

蕭倍任晃了晃腦袋，說：「只要堅持，持續努力，終究會有成果。」聽蕭倍任突然講起大人的話，傅瑞怡問：「你倒是對這一點很清楚。」

「我是看電視上的人說的。」

「所以你相信努力有用囉？」

「我相信。」

看著蕭倍任單純的信念，傅瑞怡覺得自己的意志未免太不堅定。如果自己真的想走自己的路，可是卻又給自己很多理由，讓自己不能堅持下去，是不是自己太害怕受傷害，是不是自己根本沒有實踐夢想的勇氣。傅瑞怡在這一刻，她發覺蕭倍任腦袋很簡單，卻也很單純，他想的事情不複雜，可是決定了之後，自己就抓著那一條路走下去，也許會很辛苦，但他的腦袋不會去想這些，他只想著要「去做、去做、去做就對了！」

「你真不簡單。」

「哪裡不簡單？有比自然還簡單嗎？」

「哈哈！差不多，總之不是數學就對了。」

跟蕭倍任聊聊天，傅瑞怡覺得自己的心情好多了，又問說：「你打算怎麼做呢？」自從那天在醫院聽到蕭冠傑的心願，顯然他沒有將蕭倍任放在未來繼承人的候選名單，這意味著蕭倍任根本沒有學習做茶的機會。蕭倍任聽到叔叔的話，可他好像一點也不在意。

「我會更努力，有一天一定讓叔叔給我機會，教我做冬瓜茶。」

傅瑞怡梳理瀏海，說：「要不這樣吧！我從舅舅那邊學到做冬瓜茶的祕方後，再偷偷教給你，這樣你就會做啦！」

「真的嗎？表姊妳要教我嗎？」

「只要你願意，教你又有什麼問題。」

至少能夠把製作冬瓜茶的祕方傳給一位真正願意做冬瓜茶，真正對茶鋪有責任感的人。傅瑞怡對於學習做茶這件事情開始不再抗拒，她自己考量，如果順利的話，她可以將所學傳給蕭倍任，等到蕭倍任對製作茶的方法都熟悉了，屆時再說服蕭冠傑重新考量繼承人的人選。

「我們一起努力，好嗎？」

「嗯！我們一起努力。不能賴皮喔！」

蕭倍任和傅瑞怡，兩個人認真的做了約定，他們伸出彼此的小拇指，打了一個勾。

「賴皮的人就是膽小鬼，喝涼

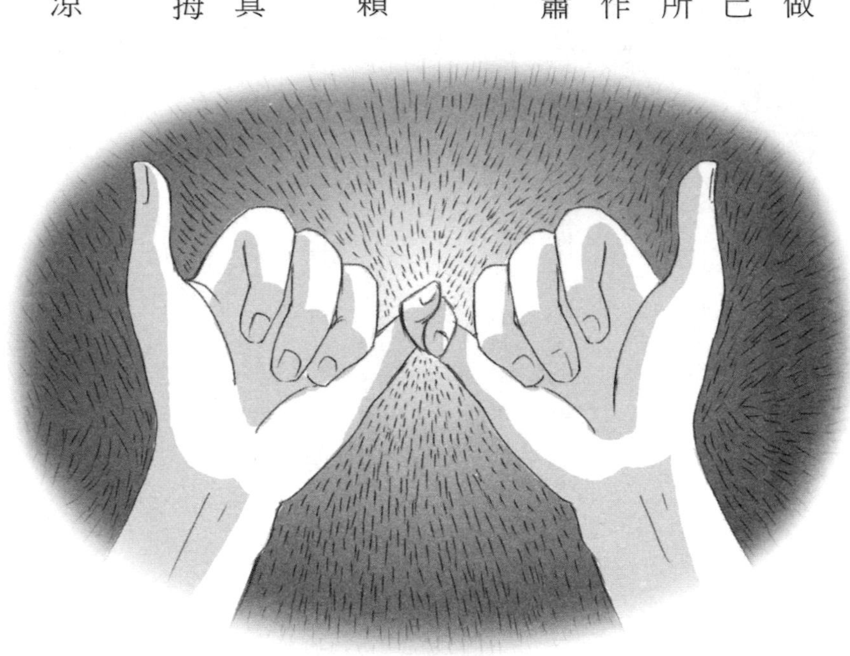

水。」兩人笑說。

「都幾歲了，還玩打勾勾的遊戲。」林志仁突然冒出來，嚇了蕭倍任和傅瑞怡一跳。

「這位是？」傅瑞怡問蕭倍任說。

「他是我的朋友，林志仁。」蕭倍任跟表姊介紹。

「你好。」傅瑞怡見林志仁的穿著打扮，還有身上的氣質都跟這裡的人不太一樣，帶著一份好奇的心情說。

林志仁看到傅瑞怡，不知怎麼的微微臉紅。

「林志仁，你發燒了唷？」蕭倍任望著林志仁泛紅的臉，問說。

「啥？沒有啊！」

「那你的臉為什麼會紅紅的。」

林志仁這才意識到自己臉紅了，趕緊解釋：「我是過敏啦！」

「是喔？那要不要喝點苦茶，苦茶可以解毒喔！」

「好、好啊！給我一杯。」林志仁太緊張了，根本沒有認真思考，他沒喝過苦茶，接過蕭倍任倒給他的那一杯，灌了一大口。

苦茶喝進嘴裡，林志仁差點沒有噴出來，他勉強把口中的茶水吞下肚，一臉痛苦的張口說：「好苦啊！」

傅瑞怡和蕭倍任，見到林志仁被苦茶苦得扭曲的臉，都忍不住大笑。

10. 可樂來襲

國語、數學、社會、自然、英文……無論什麼課，蕭倍任的表現都差不多，只要有他在，同學們都很欣慰，因為只要跟蕭倍任同班，墊底的絕對不會是自己。蕭倍任倒也不以為意，他當然也想要好表現，可是一翻開書，他的頭就開始痛了起來。其他人看兩頁課本可能只要五分鐘，他卻要十五分鐘，讀書效率很低，腦袋永遠就是直線條，不像其他人可以彎來彎去，好像腦袋裡頭有一個大地圖，能夠把不同的觀念連結成知識。

林志仁來到學校，第一次段考就考了全班第一名，拿了五百分滿分。

下課後，同學們分成兩派，一派幾乎都是小女生，她們圍著林志仁，恭喜他拿了滿分，在他耳朵旁邊恭維著。

「林志仁，你好厲害喔！這次的數學那麼難，你竟然一題都沒有錯。」

「教我數學好不好，我的數學最差了。」

「林志仁，社會課本那些地名你怎麼背的啊？」

……

另外一派大多是男生，他們坐在教室各個角落，對林志仁受歡迎的情況，以及對比之下受到冷落的自己，忍不住抱怨著。

「不過就是一個跟女生一樣愛打扮的男生，羞羞臉。」

「會唸書有什麼了不起的，我爸爸國中畢業而已，現在可是貨運行的大老闆。」

「哼哼！還不都是靠他那個當縣議員的老爸。」

「滿分只是偶然吧！」幾位男同學拿林志仁當成開玩笑的對象，蕭倍任聽見他們嘲笑自己的朋友，義憤填膺的說：「你們不要亂講話，林、林志仁他是有實力。」

「林、林、林志仁他是有、有、有實力。」蕭倍任稍微激動的時候，講話有點口吃，男同學聽到他說話，故意學他說話口吃的樣子。其他男生聽了，都在嘲笑蕭倍任。蕭倍任不介意自己被嘲笑，但他介意朋友被嘲笑。

「你們不、不要再亂說話，小心我報告老師。」

「報告老師，蕭冬瓜，你是想當『報馬仔』嗎？」男生們一擁而上，把蕭倍任雙手和雙腿抱住，然後一個人抱著他的腰，把他抬起來，想要給他一個『阿魯巴』。蕭倍任掙扎著，大叫：「不要啊！救命！」

林志仁聽到蕭倍任求救的聲音，推開人群，跑過來阻止其他男生。

「林志仁，你不要多管閒事。」帶頭起哄的同學，正一股氣沒地方發洩，他不敢找林志仁的麻煩，所以才找蕭倍任的麻煩。現在林志仁自己送上門來，他也就不再轉移目標，對林志仁惡狠狠的說。

「我就是要管閒事，怎麼樣？快把他放下，不然等一下有你好看的。」

「哈哈哈！就憑你。」

「我六年級的學長都沒在怕了，當然也不會怕你。」

另外一位男同學，他緩緩繞到林志仁的身後，隨手抄起一本課本，瞄準林志仁的後腦杓。蕭倍任看到有人想要偷襲林志仁，想都沒想，就往前衝，推開林志仁。剛好這個時候，那位男同學把書扔向林志仁。結果書沒打中林

志仁，卻不偏不倚的打在蕭倍任臉上。

蕭倍任的鼻子挨了課本的撞擊，頓時流出鼻血。同學們見到有人受傷，都不敢再囂張，紛紛退開。林志仁從褲子口袋拿出手帕，作勢要幫蕭倍任止血。蕭倍任抓住林志仁拿著手帕的手，說：「不要啦！手帕會髒掉。」

「沒關係，不過就是一條手帕。」

林志仁的手帕可是爸爸從義大利買回來的高級品，但他為了朋友，尤其剛剛蕭倍任救了自己，他渾然沒把手帕弄髒的事情放在心上。

「謝謝你。」

「不，該說謝謝的是我才對。你是笨蛋嗎？做這麼危險的事情，萬一打到眼睛怎麼辦？」

「我沒想到這個。」

「我猜也是。」林志仁覺得好氣又好笑，氣的是蕭倍任不懂得照顧自己，笑的是蕭倍任對朋友的好。

同學們之間倒也有默契，不管大家犯了什麼錯，最重要的就是別讓老師知道，不然到時候老師來個連坐法，大家都要被處罰。加上剛好班長不在教室，蕭倍任被同學打傷的事情，也就這麼被隱瞞下去。

結束上午的課，下午有體育課，體育課是少數蕭倍任還能有所表現的課，雖然也只是限於少數體育活動。

負責體育課的是練得一身肌肉，被稱為水生國小第一猛男的汪西老師。他的打扮也堪稱全校最引人注目，自從海軍陸戰隊退伍後，便持續鍛鍊肌肉，而且喜歡把自己全身皮膚曬得黝黑，穿著短T恤、紅色小短褲，戴著雷朋眼鏡，好像故意要讓所有看到他的人都知道他是從海軍陸戰隊退伍的。

汪老師吹響哨子，同學們在操場上集合好。

汪老師等大家整隊完畢，說：「今天我們體育課要跑八百公尺，班長先來帶大家做體操。」

聽到要跑步，同學們叫苦連天。汪老師看起來凶狠，心腸卻很軟，他也知道孩子不喜歡跑步，但礙於課程規劃，他還是必須堅持按照進度來上課，於是說：「我知道大家不喜歡跑步，可是我們這個學期要測驗體適能，男生跟女生都要測驗，共要測ＢＭＩ、坐姿體前彎、一分鐘仰臥起坐、立定跳遠及八百公尺幾個項目。其他的項目我相信對各位都不困難，唯獨八百公尺這項測驗，這可不是測驗當天隨便跑跑就能完成的，我們必須事先準備，提早開始適應跑步，不然測驗當天，一個不小心就很容易受傷，或出更大的意外。老師要求不多，我們先從四百公尺開始，就是操場兩圈。跑完之後，我們就來打躲避球，好不好？」用小學生最喜歡的躲避球當作籌碼，此法果然奏效，雖然還有幾位女生在抱怨，但男生們都覺得跑兩圈操場算不上什麼難事，也都停止抗議。做完體操，汪老師將同學分成六個人一組，分佔操場六線跑道，然後讓同學們分批跑出去。輪到最後一組，汪老師看到蕭倍任，對他說：「蕭倍任，你跑步ＯＫ嗎？」

「ＯＫ。」

汪老師頓了一下，又說：「請問你知道ＯＫ是什麼意思嗎？」

「哈！不知道。」

「不知道，你跟我ＯＫ個什麼勁兒啊！」

「老師要解釋給我聽嗎？」

「我的天！我是問你跑步會不會不舒服，還是可以跟大家一起跑？」旁邊一位男同學忍不住說：「老師，蕭冬瓜是頭腦簡單，四肢應該還是發達的啦！」汪老師對那位男同學說：「老師在跟別人說話，你再插嘴，今天就罰你跑八百。」

男同學聽了，連忙用雙手蓋住自己的嘴巴。汪老師看了一下點名簿，又對林志仁說：「林志仁，你跑步也沒問題吧？」

「老師，儘管放心，我自己的身體我很清楚。」

汪老師問林志仁的用意，在於林志仁身份特殊，他可不希望林志仁跑得

太累，回家跟爸爸抱怨，這樣隔天校長、訓導主任和自己萬一接到縣議會打來的電話，可有一頓排頭吃。

再三詢問後，汪老師一聲令下：「走！」

蕭倍任、林志仁和其他四位同學，開始繞著操場跑步。當林志仁在跑步時，已經跑完的女同學坐在草地上，開始幫他加油。

「志仁，你好帥！」

「志仁，加油！志仁，加油！志仁，加油！」蕭倍任一馬當先，他的速度始終維持著剛開始的速度，汪老師看著他那雙有如羚羊一般的雙腿，眼睛一亮。林志仁則是和其他同學跑的速度差不多，可是大約三百公尺左右，他開始脫隊，抬著頭好像吸不到氧氣的樣子。

蕭倍任已經衝線，其他同學也陸續跑回來，林志仁落後其他人十多公尺，氣喘吁吁的回到終點。其他男同學看林志仁痛苦的樣子，對於發現林志仁的弱點，大家紛紛竊喜。

「原來這小子也有不行的地方。」

「哈！想不到他體力這麼差。」

「白白淨淨的，原來是個文弱書生。」

林志仁坐在草地上，一時半刻還不能調勻呼吸。

汪老師關切問道：「你沒事吧？」

「我……ＯＫ！」林志仁對老師比了ＯＫ的手勢，汪老師看林志仁沒有其他異狀，便也沒多問。蕭倍任蹲在林志仁身邊，擔憂的看著他。

呼吸比較順暢後，林志仁躺在草地上，望著天空。

「你去打躲避球吧！」

「不了啦！我去也只是被球打。」

「儘管如此，你還是想要跟大家在一起玩吧？」蕭倍任點點頭，雖然他的反應不快，而且老是變成同學們攻擊的標靶，但對他來說，能夠跟同學們互動，那感覺還是不錯的。可是，蕭倍任沒有辦法把朋友丟下。

11. 瓜田傳藝

嗎？」

望著天空，林志仁對蕭倍任說：「你知道我為什麼會從台北轉學回台東

「不知道。」蕭倍任憨笑說。

林志仁坐起身子，他的表情頗為痛苦，但面對蕭倍任，他覺得自己沒有什麼好繼續隱瞞的，說：「我爸爸他很忙，從小時候就是這樣，而且因為工作的關係，經常需要去外面應酬。久而久之，爸爸跟媽媽變得很疏遠，我上小一的時候，爸爸跟媽媽大吵了一架，跟著媽媽就帶著我搬出去，回到台北外公家，所以我在台北長大。」

「然後呢？你爸爸跟媽媽和好了嗎？」

「比以前好多了，至少不會吵架，可是他們之間很少說話，有點像是不熟的朋友。」

「是喔！我還以為你回來是因為爸爸媽媽和好了呢！」

「如果是這樣就好了，可惜不是。」

「那不然呢？」

「可能水土不服，也可能台北的空氣污染太嚴重。我開始會有氣喘的症狀，不能跑步，做劇烈運動，或者吃冰的東西。」

「咦！可是之前我看過你喝可樂，而且是冰的。」

「呵呵！我是偷喝的，所以千萬不要告訴老師跟我爸爸喔！」

「好。」

「反正醫生建議我媽，說我應該住在空氣比較乾淨的地方，然後透過運動慢慢調養身體，等到年紀比較大一點，身體抵抗力足夠了，到時要住哪裡都行。所以我媽媽為了我的健康，把我送回台東來。」

「那你媽媽一個人不會寂寞嗎？」

「媽媽在台北認識了一個叔叔，叔叔會陪她的。」

「好吧！我不太懂，總之聽起來都是好事。」

「大概，大人總是喜歡對孩子說：『我是為你好。』可是到底是真的為孩子好，還是為自己好，其實我常常搞不清楚。」

「我懂你的意思。」

「真的懂？啊……我不是說你不聰明的意思。」

「我知道啦！因為我們家最近也這樣啊！」

「怎樣？」

「我叔叔身體不好，然後他想要把做冬瓜茶的方法教給我表姊。」

「你表姊就是上次茶攤見到的那個女生嗎？」

「對！就是你臉紅那次。」

蕭倍任提到這件事，林志仁又害羞起來。不過因為剛跑完步，本來雙頰就會發紅，所以這次臉紅，蕭倍任沒有發現。

「聽起來，你叔叔好像想把茶鋪交給你表姊，所以才會提前訓練她。」

「好像是這樣。」

「你不會生氣嗎？因為茶攤平常都是你在顧，辛苦的都是你，可是最後

茶攤子卻可能要交給其他人。」

「沒有不好啊！我太笨了，可是表姊很聰明，她國小畢業的時候有拿縣長獎喔！我想有她在，茶攤一定可以經營得很棒。」

林志仁察覺到蕭倍任眼中的些許失落，問說：「你不想學做冬瓜茶嗎？」

「想啊！可是叔叔不教我。不過沒關係，表姊說她學了多少，就要教給我多少。」

「你表姊人真好。」

提到傅瑞怡的好，蕭倍任用力點頭，表示贊同。

「我真羨慕你，我沒有兄弟姊妹，家裡就只有我一個。獨生子的生活很拘謹，爸爸、媽媽、爺爺、奶奶、外公、外婆，所有的人都盯著你的一舉一動。不管做什麼，好像都會被拿到放大鏡底下檢視。」

蕭倍任嘴唇一嘟，好像不是很同意，他搔頭說：「可是我也很羨慕你。」

「羨慕我什麼？羨慕我家有錢嗎？」

「不是，我羨慕你有爸爸，也有媽媽。我的爸爸在我小時候就過世了，我的媽媽……我從來沒有見過我媽媽，聽叔叔跟嬸嬸說，我媽媽在生我的時候難產，在我出生的那一天就去天國了。我只有看過媽媽的照片，從來沒有被媽媽抱抱、親親。爸爸跟媽媽，他們現在應該在天國相遇吧！他們應該過得很開心，我真想早點見到他們，跟他們在一起玩。」

林志仁對自己的生活一直諸多抱怨，抱怨爸爸忙著工作，沒有時間照顧家庭，對媽媽也不是很好，還把媽媽氣跑。對媽媽也有些不滿，離開台東後，媽媽每天顧著在外頭交際，認識了爸爸以外的其他男人。雖然那個男人不是壞人，可是媽媽提供的家庭溫暖也不多。至於外公和外婆，他們雖然是好人，可是跟自己之間還是有隔代造成的隔閡。

但與蕭倍任對比，林志仁這才發現自己其實很幸福。

爸爸還活著，媽媽也還在身邊，儘管他們很少見面，可是能夠活在爸爸和媽媽都在的世界，至少不會感覺自己是孤單的。

林志仁想，蕭倍任一定很孤單，尤其在難過的時候，沒有爸爸的臂膀保護自己，沒有媽媽的懷抱讓自己撒嬌。無論有多大的困難和挫折，都要自己去面對。

「你很勇敢，比我勇敢多了。」林志仁對蕭倍任說。

「哈哈！真的嗎？」

「真的。不過，從今此後，你可以不用那麼勇敢，我們是好朋友，如果有需要我幫忙的地方，請一定要告訴我，我林志仁絕對會挺你到底。」

「感覺好像，多啦A夢跟大雄的關係喔！」

「呃……我覺得比較像是蝙蝠俠跟羅賓，不過蝙蝠俠是我，你是羅賓。」比較帥氣的角色，林志仁怎能讓給其他人。

「我的頭腦好，但我沒有你的好體能。我想我們一定可以變成很好的朋

友，互相幫助扶持。」

「所以以後考試不會的地方，都可以問你嗎？」

「當然可以，可是我不會把答案給你看喔！」

「是喔？」

「嗯！我們都要靠自己努力。」

林志仁和蕭倍任，他們躺在草地上，無話不談。他們是真正的好朋友，因為他們能夠看到彼此的優點，而不僅僅只會就缺點吹毛求疵。

期中考後，秋天慢慢轉為寒冷的冬天。冬天買不到涼茶，冬瓜茶、青草茶都做成熱飲。蕭家茶鋪的生意不受影響，有時反而更好。冷颼颼的天氣底下，一杯熱茶，能夠驅走寒氣。

並且也只有冬天，蕭家茶鋪才會端出冬季限定的薑母茶來販售。

禮拜六，蕭倍任早上就到市場賣茶。一位穿著厚棉襖的老先生，提著茶

壺來到茶攤。

「小朋友，給我一壺熱薑母茶。」

蕭倍任幫老先生的茶壺裝茶，老先生問說：「隔壁攤子的小姑娘，今天沒來啊？」

「我表姊她去田裡了。」

「田裡？」

蕭家的冬瓜田，蕭冠傑帶著傅瑞怡，正在田裡巡視。蕭冠傑仔細的把種植冬瓜的訣竅，以及挑選好冬瓜的方法，一一向傅瑞怡解釋，並且就田裡頭的農作物，直接演練給她看。

「妳看這顆冬瓜，跟另外一顆冬瓜，哪一顆比較適合做冬瓜茶？」

傅瑞怡看著兩顆冬瓜，左邊那顆顏色比較偏濃綠，右邊那顆顏色比較淡。可是左邊那顆白色花紋比較多，右邊那顆比較少，瓜皮也比較光滑，認

真思考著，一下子沒辦法說出答案。

蕭冠傑說：「不能光用看的，觸摸也很重要。上次我有教妳怎麼敲打冬瓜，確認冬瓜裡頭的情況，妳試試看。」

傅瑞怡用蕭冠傑教她的方法，用食指和中指在瓜皮上敲打，只聽見左邊那顆冬瓜發出清脆而飽滿的響聲，右邊那顆冬瓜則是發出清脆有餘，但顯得空洞的響聲。

「我想是左邊這顆比較好，因為它的水分少，所以製成冬瓜茶的甜味也會比較出色。」

「嗯！一般來說是這樣沒錯。可是冬天冬瓜生長的情況緩慢，比不上夏天。而且冬天往往會做成熱茶，我們會在茶裡頭添加黑糖，以及冬天才會加進去的藥材，好增加客人喝茶後體內溫暖的感覺。」

「藥材？是什麼呢？」

蕭冠傑說：「等妳基本功都熟練了，舅舅才會把藥材的內容告訴妳。總

之，這兩顆瓜都很適合做成冬瓜茶，它們各有各自的優點，水分的含量、糖度的多寡等等，我們一方面考量每顆冬瓜的情況，但也要考量整體的情況。」

「冬天冬瓜的產量少，所以不能像夏天用同樣的標準挑選，並且因為會添加其他藥材的關係，所以著眼點不同，挑選出來的瓜也不同……有點複雜，但基本的道理我想我懂了。」

經過個把月的訓練，傅瑞怡對於製茶已經有基本的瞭解。蕭冠傑對於傅瑞怡領悟的速度感到很滿意，說：「妳比我當年學習的時候速度更快，蕭家茶鋪的未來我看不用我瞎操心了。」

談起這件事，傅瑞怡探問說：「舅舅，倍任他從小就在茶鋪幫忙，對於茶也有一定程度的瞭解，您有沒有想過多教教他一些訣竅？」

「倍任他……他是個勤快、認真的好孩子，這些都是一頭好牛的優點，可是相對的，也是缺點。他那顆牛腦袋，怎麼拍都拍不響，別人聽一遍就會的事，對他要講上五遍、十遍，他也不見得能懂。當初教他顧攤子什麼的，也是費了好大一番功夫。我當然希望倍任能多學點東西，但現在的工作對他來說，我想已經能夠滿足他的能力。」

「所以是要倍任顧一輩子茶攤嗎？」

「我是這麼打算的，除非這小子自己有想走的路，不然一輩子顧茶攤也不錯啊！反正我們家餓不死他的。」

一輩子只能顧茶攤，傅瑞怡對於蕭冠傑給蕭倍任規劃的未來，她認為對蕭倍任來說很不公平。但面對一意孤行的舅舅，傅瑞怡也不知道該怎麼讓他瞭解，其實倍任有他的優點，比起自己也許更適合成為接班人。而且自己還有一個夢，一個蕭冠傑從來不關心的夢。

12. 海灘遊記

夏天的腳步又來到。

台北東區，一棟位於仁愛圓環旁的高級現代辦公大樓。二十八樓的會議室，十多位穿著西裝的幹部，各個正襟危坐。三位金髮碧眼的外國男士，他們走進會議室，在場所有台灣人都盯著他們。

三位外國男士坐在主席的位置，中間那位用帶著英文腔調的中文跟在場眾人說：「各位，我們超級可樂進軍台灣市場以來，已經將近四個年頭。你們看看手上的銷售數字，除了第二年有比第一年略為升高之外，其他每年都是逐年降低，每下愈況。我們公司的產品在歐美幾乎沒有敵手，怎麼到了台灣卻賣得這麼差勁。我本來可以待在美國紐約曼哈頓的辦公室，翹著二郎腿看華爾街日報、聽聽黑膠唱片，過著悠哉的生活。好吧！現在逼得我要帶著兩位助手來到台灣，盯著你們的銷售情況。你們倒是告訴我，應該怎麼做？」

坐在會議內的每個人，都是超級可樂在台公司各部門的部長和主任，可

是面對總公司主管的詢問，他們都提不出什麼好主意。

空氣凝結了五分鐘，終於有一位主任舉手。

「你是哪一位？」

「威廉先生您好，我是負責台灣南區的莊大友，莊主任。」

「你舉手是表示你有好點子嗎？」

「我……我研究過公司在各個不同國家的銷售情況。剛開始新產品都會面對到一定程度的阻力。」

「這是當然，但我們的工作不就是應該排除這些阻力嗎？不就是應該幫公司賺錢嗎？」威廉越說越激動。

「您說的一點都沒錯。」莊大友拿出手帕，擦擦額頭上不斷冒出的冷汗，又說：「可樂在台灣不是什麼新鮮的產品，儘管超級可樂比起其他牌子有特色，但是要刺激人們買超級可樂，還必須多給民眾一些誘因才行。」

「很好，說了半天都是廢話！」威廉怒拍桌子，在場眾人都被嚇了一跳。他又說：「請你們直接告訴我重點，就是要用什麼方法才能增加銷售量。你們說哪裡重要，哪裡重要。老天爺！我是不知道這些事情很重要嗎？我當然知道，但我要知道的是方法。就像醫生告訴你，你得了癌症。知道得了什麼病重要嗎？重要的是醫生能不能提出治療病人的方法，不是嗎？你們這些人的腦袋都裝了什麼啊？漿糊嗎？」

威廉把在場不管多大年紀的員工都惡狠狠的臭罵一頓。但商場就是如此，無論員工的年紀和性別，主管就是老大，有錢的就有權力訓斥領人家薪水的。

另外一位主任舉手說：「我想我們可以調整銷售價格。」

威廉說：「不錯，我們可以降低售價，用價格競爭。但各位，問題是這方法我們早就試過了。結果銷售量雖然有起色，可是實際上我們的收益卻降低了。而且後來價格調回來後，銷售量馬上掉下去。老方法就甭提了，誰有新方法？」

坐在辦公室最角落，負責物流單位，一位看起來比其他人年紀顯得略輕的男士舉起手。

威練看見他，說：「你是哪位？」

「威廉先生您好，我是物流部的副主任。」

「副主任，物流部主任呢？他怎麼不來開會？」

「李主任他老婆待產，他到醫院去了。」

威廉翻閱員工名冊，說：「高副主任，你有什麼高見嗎？」

其他人都在竊笑，大家都在想這個進公司不到一年，職位最低的人怎麼可能提的出好點子，都在為他可能即將說出不切實際的方法，然後被總公司的主管訓斥一頓，抱著看好戲的心態盯著他瞧。

高副主任翻開報表，以及自己的筆記本，說：「可樂不是什麼新興的產品，歐、美、日等國的品牌在台灣都有販售。消費者要找老牌子，可以找經典的可樂，要找便宜的，來自亞洲、中東等不知名國家的牌子可以滿足他們。另外我們也必須面對台灣本土汽水和可樂公司的夾擊，所以光靠售價是很難找到超級可樂的產品定位。」

「接著說。」威廉先生雙手叉在胸前，說。

「好喝的飲料，必須隨著不同地區進行調整。我們知道超級可樂在不同地區，甜度、酸度、氣泡的濃烈程度都不同，就像麥當勞到不同國家都會推出不同的特餐，好應對當地人的飲食習慣。我想超級可樂現在的困境，主要就是缺乏一項具備在地特色的產品。」

「有道理，所以你的意思是我們必須開發出具備台灣特色的汽水囉？」

「沒錯。」

眾人嘩然，坐在前排一位副總經理不以為然的說：「小子，你傻了嗎？你知道研發一項新產品需要花多少錢嗎？就算總公司願意撥下預算進行研發，我們又有多少時間可以等待？一來一往，根本挽救不了眼前的銷售窘境。小子，我看你還是回學校多唸點書吧！」

副總經理把高副主任的提議批評得一文不值，其他人也跟著批評起來。

威廉先生倒是力排眾議，說：「你還沒說完吧？」

「是的。我並沒有打算重新研發，這種曠日費時又花錢的作法，只有笨蛋才會這麼想。」高副主任說得很嗆，擺明就是反擊那些位高權重，腦袋卻食古不化的主管。

無視於主管們的眼光，高副主任接著說：「我們應該立刻去台灣各地瞭解各地的特色飲料，然後買下飲料配方，直接將配方帶回公司的研發中心，進行簡單的口味調整，然後就能上市。已經在台灣生存幾十年，賣過好幾代都很受歡迎的飲料，我們加以發揚光大，肯定不會有接受度方面的問題。花個幾十萬，就能生產出年銷上千萬的產品，何樂而不為？」

「哈哈哈！好主意。這件事情就交給你去主導，我給你三個月的時間，你給我帶來你所謂受歡迎的台灣飲料。」

「這件事情就交給我。」

「年輕人還是有幹勁啊！而且也有創意。呵呵！高主任，希望你不要讓我失望。」

「主任？」

「你不滿意我立刻把你升上主任這件事嗎？」

「沒有沒有，謝謝威廉先生提拔。」

「我醜話先說在前頭，我可以馬上提拔你，幫你加薪。同樣的，也可以馬上降你的職，把你調去守倉庫。事情辦得好與不好，你的下一間辦公室是在辦公大樓裡頭吹冷氣，還是去郊外曬太陽，全部看你自己表現，明白嗎？」威廉作風嚴厲，他才給了獎賞，緊接著又拿出棍子。在場眾人聽了，都為高副主任捏了一把冷汗。

太麻里山腳下的海灘，蕭倍任、林志仁和傅瑞怡，他們難得從大人那裡得到一天假期，來到海灘玩水。

「好棒啊！夏天就是應該要來海邊。」傅瑞怡看著大海，心曠神怡的說。

「唷呼！」蕭倍任見到大海，就往海裡衝。浪花打在他身上，他吃了一口水，更加興奮。

林志仁看著蕭倍任跳入海中，對傅瑞怡說：「倍任真是精力充沛啊！」

「是啊！他可是太麻里的海王子，真讓他泡到水裡，可不會輕易上岸。」

「書裡頭說：『仁者樂山，智者樂水。』或許倍任才是我們之中最有智慧的人。」

「也許是呢！當其他人汲汲營營，為了現實的利益糾葛著，倍任用他單純的心面對世界。我想在他眼中，世界永遠是美好的。走吧！我們下去玩水。」傅瑞怡拉起林志仁的手，往大海走去。

林志仁遲疑著，但他不想甩開傅瑞怡的手，往前走了幾步，又忍不住停

下腳步。

「怎麼了？你不想下水嗎？」傅瑞怡問林志仁說。

「不是啦！」

「那不然呢？還是你不想跟我一起下去玩？」

「怎麼會！我當然想。」

「哈！你激動個什麼勁兒？」

「哎唷……」林志仁覺得有點丟臉，本來不好意思說，可是他又怕傅瑞怡誤會自己，只好承認：「我是旱鴨子，不會游泳。」林志仁覺得自己遜斃了，說話的時候頭一直低低的。

「原來是這樣啊！那有什麼關係，我可以教你。」

「妳教我游泳？」

「對啊！我會游泳，而且我也算是你的姊姊，姊姊教弟弟很正常。快啦！趁著夏天剛開始，你把游泳學會了，就能好好享受夏天了呢！」

林志仁拗不過傅瑞怡的堅持，成了她私人游泳課的學生。玩了一上午，被太陽曬得口乾舌燥，冰冰涼涼的冬瓜茶是夏天最好的消暑良伴，可是蕭倍任等人發現，海灘邊的小販沒有人賣冬瓜茶，他們都是賣一些罐裝飲料。

「好想喝冬瓜茶喔！」蕭倍任說。

「我也是。」傅瑞怡同意蕭倍任的話。

林志仁則說：「沒有冬瓜茶，可以喝其他的啊！可樂、汽水、果汁都不錯。」

蕭倍任突然有個想法，說：「為什麼不能把茶鋪子推到這邊賣呢？」

「推到海灘？不太可能吧！」林志仁說。

傅瑞怡靈機一動，說：「把鋪子推過來當然不可能，但或許我可以弄幾個冰桶，然後裝冬瓜茶來這邊賣。你看夏天海邊多少遊客，或許能夠賺上一筆外快。」

「這想法不錯，那我們現在就去辦。」

「我們回到茶鋪子，借兩個大鐵桶子，帶著紙杯什麼的，把車推到海灘邊，你們說怎麼樣？」

「好！」蕭倍任和林志仁都同意傅瑞怡的想法，異口同聲說。

蕭家茶鋪的冬瓜茶和海灘飲料販子的可樂、汽水打對台，銷量是否會因此減低？蕭倍任與好友和表姊，他們努力想出和其他飲料打對台的點子，戰場就在海灘上。

蕭倍任憑藉他的好體力幫忙倒茶、裝茶，林志仁負責推銷，傅瑞怡則當起掌櫃的計算收益。雖然只有一天的生意，卻也讓他們賺到一筆小小的零用錢。這個暑假，蕭倍任和林志仁，以及傅瑞怡在這片海灘，第一次嚐到自己當老闆做生意的滋味。

13.

妝很厚的阿姨

有人喜歡夏天，因為夏天有陽光、沙灘，有比基尼與健康的小麥色肌膚美女。有人討厭夏天，因為夏天帶來汗臭味、溼疹，以及各種喜歡溫暖氣候的蚊蠅害蟲會通通冒出來，打擾人們的生活。

有一個人，她對夏天則是又愛又恨。沈慧萍和先生坐著賓士轎車，從台北一路駛到台東。一路上，沈慧萍不斷對老公抱怨：「我的老天爺！為什麼要挑這種鬼天氣回老家，其他日子不行嗎？不好嗎？老公啊！你看天氣這麼熱，把我的妝都弄花了。」

沈慧萍的先生蕭帥哥是蕭冠傑三叔的兒子，他忍受著妻子不斷在耳朵旁邊囉唆，專心開車。但沈慧萍看見老公對自己說話竟然充耳不聞，更加惱火了，囉唆的字句也就更多。

「妳有完沒完！」蕭帥哥終於受不了沈慧萍的嘮叨，對她吼叫。沈慧萍先是嚇一跳，默不作聲，跟著竟然開始流眼淚。

「哎唷！我命好苦啊！平常要在公司面對業績，面對客戶，想要陪老公

回老家，一片好心卻還要被老公責罵。我怎麼這麼倒楣，早知道就不應該嫁給種田的人家，當初好幾個哈佛、普林斯頓的留學生要追我，我都沒有答應。其中還有長得像馬英九的氣質熟男呢！這世界怎麼會有人這麼不知道惜福啊……」本以為自己兇一下，沈慧萍會住嘴，誰知道現在她一把鼻涕，一把眼淚的，加上吵雜的聲音，蕭帥哥幾乎被吵得不能專心。

「我的好太太，我錯了還不行嗎？妳就讓我安靜一會兒，看這路程，大概再半個小時就能到了。到了之後妳要怎麼休息我都不管，現在就先讓我專心開車。為了妳我的安全，我想這是最重要的，好嗎？」蕭帥哥說起話來有點語無倫次，一方面他被吵得很煩，另一方面沈慧萍總是抓著他的痛腳踩，也就是當年沈慧萍跟他一個身無分文的男人在一起，捨棄了許多條件優秀的男人。從那之後，蕭帥哥面對妻子，總是處於下風。這件事，也成為兩人爭吵時，沈慧萍喜歡拿出來說嘴的理由。

「噹啷啷……」沈慧萍的手機響起蕭邦夜曲的鈴聲，她接起電話，口氣

一變，展現出嚴肅正經的一面。

「有什麼事嗎？我人在外地呢！」電話那頭是位年輕男士的聲音，從手機傳來：「報告總裁，今天王老闆跟李老闆都來公司想要參觀工廠，請問要準備什麼禮品給他們呢？」

「我早就準備好了，你到我辦公室，桌上有兩瓶洋酒。這兩個老傢伙都好杯中物，你今天帶著其他助理就陪他們隨便看看工廠，然後晚上帶他們去招待所，錢就報公司的，知道嗎？」

「知道了，總裁。可是……」

「可是什麼？」

「我上禮拜有向您請假，我媽媽住院了，今晚需要我去照顧。」

「有這件事嗎？我怎麼沒印象。」

「總裁，我這邊還有您簽名的假條呢！」

「少囉唆！那就等事情辦完再去。王老闆跟李老闆都是身價上億的投資

客，把他們照顧好，對我們投資擴廠會有很大的幫助。事情有輕重緩急，年輕人意見不要太多，乖乖把老闆交代的事情辦好就對了。」

「是，總裁。」掛掉電話，沈慧萍煩躁的說：「唉！下面的人事情總是辦不好。」蕭帥哥安慰老婆說：「不要想太多，現在公司的營運沒有什麼大問題。錢這種東西只是身外之物，夠用就好。」

「呵呵！真好笑，還身外之物呢！你可別忘了身上這件亞曼尼的POLO衫，還有手腕上那支五十幾萬的勞力士，這可都是用『身外之物』買來的呢！你要裝清高我不管，但你也甭管公司的事。」蕭帥哥被妻子這麼一說，心裡有氣也不敢發，憋著一股氣在心頭，頗為難受。他改口說：「還是為了找不到新產品而煩心嗎？」

沈慧萍她是汪汪飲料公司的老闆，她正苦於公司找不到新的產品，說：「是啊！公司現在代理的外國飲料賣得還可以，但終究不是自己的東西。工廠裡頭代工生產的飲料，掛的都是其他大廠的牌子，那些大廠的老闆比我們貪心多了，給那麼少的報酬，卻又要我們做這個、做那個的，只有趕快做出屬於自己，具有代表性的產品，才是長久之計。」

「製造簡單，幫人作嫁也不難，可是找出原創產品，這就不容易了。」

「呿！知道就好。」賓士轎車在台東還算稀有，尤其沈慧萍的車還是今年最新款，流線又滿是霸氣的造型，到了鬧區吸引不少民眾的目光。

蕭帥哥將車開進市場，這不是一個好主意，可是等他發現市場道路狹窄，又滿是買菜的鄉民，想要再改變路線已來不及，只好硬著頭皮往前開。

轎車開到蕭家茶鋪旁，蕭帥哥拉下車窗，蕭倍任見了，說：「您好，請問要什麼茶呢？」蕭帥哥指著蕭倍任，說：「你是蕭家老大的小孩吧？我記得叫倍任，對嗎？」

「您是？」

「我是三叔公的兒子，帥哥。哈哈！你應該沒印象了，你剛出生的時候，我還抱過你呢！」

蕭倍任當然不可能想起剛出生時候的事情，隔壁攤子的傅瑞怡看賓士車堵塞交通，對蕭帥哥說：「舅舅，你還記得家裡的位置嗎？這裡人多，建議您要聊的話，去家裡聊。這個時間，我想冠傑舅舅應該在家。」

「沒問題，那我先去家裡看看，你們辛苦了。」

蕭帥哥的車窗關上差不多一半的時候，蕭倍任喊道：「等一下！」

蕭倍任拿了兩杯冬瓜茶，遞給蕭帥哥。

蕭帥哥笑說：「倍任長大了呢！還知道要送飲料給長輩喝。」

好不容易花了半個鐘頭，轎車駛離菜市場，蕭帥哥對沈慧萍說：「這可是蕭家祖宗留下來的珍貴遺產，全台東，不！全台灣最好喝的冬瓜茶，來，喝一口消消暑氣。」沈慧萍拿到杯子，就開始嫌，說：「這杯子黏呼呼的，搞什麼鬼啊！冬瓜茶這種東西是鄉下人喝的，你還是趕快找間便利商店，我買瓶氣泡礦泉水。」提到家鄉的東西，先人流傳下來的冬瓜茶，蕭帥哥變得比較強勢，說：「妳喝看看，幾十年都沒有被淘汰的飲料，肯定有它的價

值。」難得見到老公堅定的一面，沈慧萍勉為其難的說：「好吧！要不是為了你，我才不喝。」沈慧萍抬頭喝了一小口，眼睛頓時發亮。

「這、這、這……這是什麼？冬瓜茶不就是冬瓜做的嗎？為什麼會有這麼美妙的味道，有著法國礦泉水的甘甜、義大利麵醬的濃郁、以及雲南普洱茶的獨特性。喔喔！這味道真的是有如喝到瓊漿玉液般美妙啊！」沈慧萍不到三十秒就把自己手中的冬瓜茶喝完，最後連老公那杯也喝得一乾二淨。

蕭帥哥看老婆喝得津津有味，說：「看，沒騙妳吧！」

「你們的冬瓜茶，比我過去喝過的冬瓜茶都好喝一百倍。真不敢相信，真想知道究竟裡頭加了什麼材料，能將冬瓜茶的味道提升至這種境界。」

「這妳就別指望了，蕭家冬瓜茶的祕方只有當家的知道，而且是一代代親傳。就算是系出同門的親戚，也一概只能略知一二。」

「原來如此，可是這冬瓜茶，很有做成罐裝飲料的潛力。唉！就這樣落在一個台東的鄉村太可惜了。」

14. 是誰打翻了冬瓜茶

回到睽違已久的台東蕭家，蕭帥哥剛把車停好，馬上走下車，從後車廂拿出預備好的禮盒，走進透天厝一樓。

蕭冠傑和蕭帥哥多年不見，兩個人看到彼此，很熱情的擁抱在一塊兒。

「阿傑，好多年沒見了，你過得好嗎？」

「這不是台東第一帥哥，蕭帥哥嗎？自從三叔搬走之後，每年大概過年才有機會見到你。這個夏天怎麼回事，來台東玩嗎？」

蕭帥哥從西裝外套裡面拿出一封信，交給蕭冠傑，說：「這是我阿爸要給你的。」

「給我的？」

打開信，蕭冠傑看到裡頭的信，以及一張泛黃的照片，問說：「這是什麼呢？」

蕭帥哥想要故作瀟灑，怎耐情緒不是自己能控制的，有點哽咽的說：

「我阿爸上個月十號過世了。」

「什麼！三叔走了，這麼大的事情怎麼沒跟我們說呢？你一句話我就上台北去看他老人家最後一面。帥哥，你瞞著這件事沒跟大家說，太不夠意思了，是不是沒有把我們當作自己人啊？」

「阿傑，你跟我就像兄弟，怎麼會不把你當自己人呢？是我爸堅持啦！他老人家死都不願意讓你們知道，我這做兒女的也只好順著他老人家的意思。但是頭七過後，他老人家入土為安，我想我就能夠作主了。」

「當年三叔跟我老爸大吵一架，然後兩個人分家。想想上一代的恩恩怨怨，就讓那些恩怨留在上一代，我們這一代應該要和和氣氣的過日子，才不枉費大家難得系出同門的緣份。」

「呵呵！阿傑你做了當家之後，說起話來特別有當家的樣子呢！」

「好說好說，你也不差啊！聽說你在台北跟太太兩個人有自己的事業。」

蕭帥哥帶著沈慧萍，向蕭冠傑介紹：「這是我太太慧萍，說是我和我太

太的事業，其實我對經營什麼的一竅不通，大小事情都是她在處理，我頂多就是陪陪同行老闆、客戶應酬應酬罷了。」

沈慧萍在外人面前，還懂得給老公面子，說：「我先生就是這麼客氣，所謂男主外，女主內。辦公室裡頭交給我這小女子，外頭拓土開疆就交給帥哥。我們夫妻同心，把公司經營好，才能給孩子一個好的未來。」

「對唷！你們家小鬼呢？」蕭冠傑問道。

「老大去英國遊學，老二跟同學到日本旅遊去了。」

「你們家兩個可都爭氣啊！」

「那你們家小鬼頭呢？」沈慧萍問道。

蕭帥哥忘記事先交代妻子千萬不要對蕭冠傑提起孩子的事，因為他們夫妻倆結婚那麼多年一直沒有孩子，所以大家總是在他們面前不提這件事。

既然提了，蕭冠傑也只好悻悻然的說：「唉！老天不給面子，我那口子下不了子，這都是天命。」

「要不蕭大哥有空，帶著太太來台北一趟。我認識台北最好的婦產科醫生，他肯定有辦法讓你們夫妻有一個甜蜜的結晶。」

「此話當真？我回頭跟我太太商量商量。」

「一點小忙，幫幫自己家裡人，應該的。」沈慧萍抓住蕭冠傑在意的事情，很快的拉近彼此的距離。

蕭冠傑很熱情的帶著蕭帥哥和沈慧萍進到屋子，幫他們張羅好客房，本來說要去館子吃中餐。沈慧萍這時說：「難得回來台東，我一直聽阿傑說蕭家最厲害的就是做茶，尤其是冬瓜茶更是遠近馳名，不曉得小妹有沒有這個機會，讓蕭大哥帶我們參觀一下製茶的過程呢？」

「這個簡單。」

蕭冠傑很爽快的答應沈慧萍的要求，帶著夫妻兩人參觀煮茶的廚房，以及曝曬用的廣場，沈慧萍心底打的是其他主意。這趟陪先生回老家，嚐到蕭家的冬瓜茶驚為天人，她想爭取可以與蕭家合作的機會。她喝了冬瓜茶後，

馬上聯想到冬瓜茶的價值。蕭家獨門的祕方，如果能夠成為公司當家的名牌飲料，肯定能夠在市場上引起轟動。沈慧萍已經決定，無論如何要把祕方弄到手，為了公司的前途，沈慧萍在蕭冠傑面前簡直像是變了一個人。

沈慧萍面對蕭冠傑，稱讚自己老公，在老公面前又不斷提蕭冠傑製作的冬瓜茶好喝。

兩個男人被灌了一堆迷湯，對沈慧萍沒有任何提防，沈慧萍問什麼，他們就答什麼。可是聊了半天，乍看之下氣氛很歡樂，沈慧萍卻發現根本沒有問到什麼有利用價值的答案。

曝曬冬瓜的時間，煮茶的溫度和時間，這些都與蕭冠傑添加在冬瓜茶中的祕方無關。

中午用餐後，蕭帥哥開車南下的疲勞開始發作，回到客房睡午覺。

沈慧萍還不放棄，找蕭冠傑聊天。

「蕭大哥，早上真是不好意思，要你放下工作，帶我們參觀。中午那頓也是你付帳，請下次務必來台北，好讓我們夫妻倆招待。」

「哪裡的話，一家人本來就應該這樣。慧萍，妳如果累了，回客房跟帥哥一起休息去吧！晚上我們家老伙計要親自下廚，他做的菜可比今天中午館子裡頭的好吃多了。」

「我不累，我倒是想去市場看看茶鋪。」

「真沒想到，妳對茶鋪有興趣？」

「大哥你忘了，我在台北可是經營飲料公司呢！對於飲料相關的一切事宜，我都有興趣。」

「好……啊！不行，我下午得去田裡一趟，然後還要去農會跟理事喝茶。這樣吧！我找我太太樂芳帶妳去。妳去了之後，茶鋪子那邊有蕭倍任和傅瑞怡兩個孩子顧著，妳有什麼需要的可以找他們。」

「那就麻煩了。」

「不麻煩、不麻煩。」

胡樂芳中午跟蕭帥哥、沈慧萍吃過飯，她心裡好生羨慕。看著蕭帥哥穿著一身名牌，沈慧萍一身貴氣，跟自己嫁到鄉下這邋遢模樣比較之下，好似一個在天，一個在地。雖然蕭家不缺錢，但就是少了一分與販夫走卒不同的高貴氣質。胡樂芳想到自己的出身，巴望蕭帥哥和沈慧萍這一趟回來能夠帶給蕭冠傑一些影響，「賺錢也要懂得花錢」之類的想法改造。

到了茶鋪子，胡樂芳很親切的跟沈慧萍介紹茶鋪販售的各種茶，並且一一讓沈慧萍試喝。喝過一輪，沈慧萍心中有底，蕭家的茶是好，但最出色的還是招牌冬瓜茶。

沈慧萍向倒茶給她喝的蕭倍任說：「小朋友，你幾歲了？」

「十二歲。」

「明年要上國中了呢！你喜歡在茶鋪工作嗎？以後打算做什麼呢？想來

台北唸書，阿姨可以幫上忙喔！」

「台北好玩嗎？」

「不錯啊！你沒來過台北嗎？」

胡樂芳插口說：「倍任這孩子很老實，可惜就是不大聰明。他沒去過台北，我想還是待在鄉下單純些，也對他比較好。」

「喔……」又問到傅瑞怡：「小妹妹，聽妳舅媽說，妳現在在跟叔叔學習怎麼製作冬瓜茶？辛不辛苦啊？」

「還好啦！不怎麼辛苦，還能學到很多東西。」

「真是個好孩子。」

沈慧萍想從傅瑞怡那邊挖掘一點關於祕方的資訊，但交談後，沈慧萍發現蕭冠傑相當謹慎，傅瑞怡跟在他身邊學藝，目前學的還是些基本功，真正關鍵的祕方，傅瑞怡還沒有得到蕭冠傑真傳。

離開茶鋪子，晚餐回到蕭家的透天厝用餐，為了替蕭帥哥接風洗塵，餐桌上一口氣準備十多道菜。席間，蕭冠傑和蕭帥哥兩人就喝了兩打台灣啤酒，兩個人喝得醉醺醺的，分別回到自己房間，一倒在床上就睡得不省人事。

半夜，蕭家的人幾乎都睡了，卻有一個人躡手躡腳的從房間內走出來。沈慧萍可不甘心，畢竟明天就要離開台東，她想帶一些樣品回去給手下分析。抱著三只空瓶，口袋塞著塑膠袋，沈慧萍趁大家熟睡，想到廚房撈一些半成品，以及廚房內可能遺留的材料。

為了掩人耳目，沈慧萍摸黑行動，可是她對蕭家室內的環境畢竟還是不熟，在廚房一個不小心，碰倒了煮茶的一個鍋子。

「哐啷！」的金屬與地面碰撞聲，吵醒了蕭家的人。

15. 美國大叔

隔天一早，蕭冠傑怒吼的聲音，從蕭家傳到巷口，整條街的人都聽得到他的聲音。

「哪個臭小子把我的冬瓜湯給弄灑了？」

蕭冠傑氣得發火，全家人自從他生病出院後，從來沒有見到他情緒失控。因為醫生特別告誡要保持心情平和，所以蕭冠傑也盡量不讓自己情緒起伏太劇烈。

可是看到沈澱一個晚上的冬瓜湯半成品被弄灑，蕭冠傑忍不住心中的怒火，他最在乎的就是家裡的事業。

全家人都被蕭冠傑給吵醒，大家都跑到廚房來。

胡樂芳安撫老公，說：「可能半夜有野貓跑進來了。」

「妳當我瞎子嗎？野貓會有貓的腳印，而且貓的體重有可能撞翻缸子嗎？」

蕭冠傑怒目橫視，銳利的眼神掃過眾人。然後他走向蕭倍任，說：「是

你做的嗎？」

蕭倍任還沒完全睡醒，他揉著迷茫的眼睛，說：「什麼啊？」

蕭冠傑一把揪住姪子的領口，說：「是不是你把冬瓜湯給弄灑的？」

蕭倍任被蕭冠傑一瞪，心裡害怕，全身發抖，說：「沒……沒有，我什麼……都……不、不知道。」

「你最會說不知道了，那這是什麼？」

原來蕭冠傑一口咬定蕭倍任，在於他看到倍任白衣服上有冬瓜茶的茶漬。

胡樂芳安撫著老公，然後對蕭倍任說：「倍任，叔叔做這些冬瓜茶很辛苦，你不小心打翻茶，應該要主動認錯。當然叔叔會生氣，可是如果你不承認，叔叔會更生氣。你也知道叔叔生病了，不能生氣。好啦！知道錯的話就快點跟叔叔道歉。」

蕭倍任當然不知道罪魁禍首是誰，但他很確信不是自己。平常叔叔跟嬸

嬸說什麼他都願意聽，唯獨今天他不能揹上黑鍋，他不喜歡自己被誤會，尤其被自己在乎的家人。

「我沒有做。」

「你還說！」蕭冠傑吼道。

劉老吉一早就來上工，看家裡亂的，趕緊過來了解情況。他見蕭冠傑指著蕭倍任罵著，緩頰道：「老闆，這件事情我想還要再查清楚，就這樣冤枉小孩子，我想不太公平。」

「老吉叔，話不是這麼說！今天出了事情，總是有一個前因後果，有人做錯事，就應該出來認錯，這不是天經地義的嗎？」

「可是你有什麼證據說是倍任做的呢？」

蕭冠傑指著蕭倍任衣服上的茶漬，說：「你看他衣服上的茶漬，那肯定是昨晚碰倒茶缸子留下的印子。」

劉老吉不愧是家中老臣，他對蕭冠傑的脾氣，以及蕭倍任的個性都很清

楚。蕭冠傑衝動，但蕭倍任也不是會隨便推卸責任的孩子。

劉老吉分析說：「我的好少爺，你仔細想想，倍任他每天去菜市場顧茶攤，幫客人倒茶，幫忙搬茶桶子，身上怎麼可能沒有茶漬呢！您信我劉老吉一番話，現在就到倍任房間內的衣櫃瞧瞧，你就會知道倍任每天工作有多認真、勤快，有多少件衣服染上茶漬。」

聽劉老吉一席話，蕭冠傑冷靜下來，他長久以來沒有重視蕭倍任，但其實始終堅守崗位的，不離不棄的正是這智商偏低的姪子。他仔細想想，倍任確實不是會說謊的孩子。雖然當下查不出真兇，但也不該誤會是倍任做的。

蕭冠傑情緒平和後，他又看了一次蕭倍任衣物上的茶漬，跟著他嘆氣道：「唉！是我不好，這茶漬顯然有段時間，不可能是昨晚留下的。」他摸摸蕭倍任的頭，說：「叔叔誤會你了，叔叔跟你說對不起。今天開始你別去顧攤了，叔叔放你三天假，你好好出去玩吧！」

沈慧萍看著蕭倍任莫名的成了代罪羔羊，內心很是不忍。但她擔心如果讓蕭冠傑得知自己半夜闖進廚房，想要偷取冬瓜茶的半成品，之後要談合作肯定不成，只好忍受內心的道德譴責，看蕭倍任被痛罵。幸好最後有劉老吉跳出來，化解這場誤會，也讓沈慧萍的良心比較過得去。

太麻里大街上，居民們都很納悶，怎麼昨天來了一輛霸氣十足的賓士轎車，今天街上又來了一輛造型拉風帥氣的保持捷跑車。

威廉坐在副駕駛座，高主任在開車。

威廉對高主任說：「怎麼樣？保持捷開起來的感覺很棒吧？」

「還好。」

「還好？一輛五百多萬的車你說還好？」

「只要一想到隨便擦到一點車頭燈，我一個月的薪水就會報銷，你說我感覺能好得起來嗎？」

「哈哈！你真會開玩笑。相信我，只要這次新飲料開發順利，你很快就

能擁有一輛自己的車。」

「你的意思是我有錢買一輛自己的保持捷？哈！我想有件事不會變，就是修理起來一樣很貴。」

「你抓到重點了，這就是買保持捷的好處。你永遠可以跟別人炫耀，修車花了多少錢。」

威廉是個喜歡身體力行的主管，當超級可樂決定開始在台灣尋找有特色的地方飲料，他也跟著手下四處察訪。

高主任按照規劃出來的時間表，開著威廉的車，帶他一起同行。

「這次我們要找什麼？前兩天我們已經喝過石花凍，還有金桔檸檬，今天呢？」威廉問高主任，他跟著高主任尋訪台灣各地飲料，對於台灣有更多認識，也對台灣的美食興致盎然。

「我聽說這裡有台灣最棒的冬瓜茶，這就是我們要找的東西。」

「冬瓜茶？就是用冬瓜做的茶嗎？」

「簡單來說是這樣沒錯。」

「這東西我喝過，很普通嘛！」

「威廉先生，我想你喝過的只是超市裡頭賣的尋常冬瓜茶。我們今天要找的可不一樣，我蒐集的資料顯示只要喝過一次該店的冬瓜茶，才能體會冬瓜茶的滋味有多美妙。」

威廉走在路上，特別引人注目，因為鄉下鮮少出現外國人。他和高主任，兩人肩並肩，朝菜市場走去。

16. 美鈔的誘惑

高主任在市場隨便攔了一位婦人，很有禮貌的問她說：「這位太太，不好意思，有個問題想請教一下。」

婦人有點意外，但她還是很熱心的提供協助，說：「你們看起來像是外地來的，有什麼我能幫忙的嗎？」

「是這樣的，我聽說這裡有間賣冬瓜茶的茶鋪，他們家的冬瓜茶極其出色，甚至有人說是台灣最棒的，請問您知道這間店在哪裡嗎？」

婦人笑呵呵的說：「當然知道，這可是我們家鄉父老們的驕傲呢！你往前走，看到不時有人來來往往買冬瓜茶，掛著『蕭』字招牌的茶攤就是了。」

向婦人道謝後，高主任和威廉繼續往前走，果然找到婦人形容的茶鋪。

威廉對台灣的菜市場很好奇，一邊走，一邊東看西看。居民們對這位高頭大馬的老外也很好奇，威廉完全不避諱和眾人目光交接，反倒一些偷眼瞧他的民眾和他眼神接觸會感到不好意思。

「就是這間茶鋪？」威廉指著招牌說。

「應該就是了。」

高主任走到茶鋪前，向看鋪子的孩子們說：「請給我兩杯冬瓜茶，謝謝。」

蕭倍任獲得三天假，傅瑞怡主動表示願意幫忙顧攤。可是蕭倍任雖然得到放假的時間，他卻不知道有什麼可做的，於是還是和林志仁兩人一起來到茶鋪，和表姊一起賣冬瓜茶。

傅瑞怡聽到高主任點茶，倒了兩杯給他。

「喝起來真不錯！」威廉才喝了一口，馬上驚呼道。

高主任也喝了一口，接著說：「好特別的味道，感覺冬瓜香氣很濃郁，可是又好像添加了某些香料，讓冬瓜的表現更有層次。」

「用紅酒來形容，就是酒體飽滿，層次分明，前、中、後味很明顯，入口之後還會回甘。」

「我想這應該就是我們要找的產品。」

「我同意。」

威廉和高主任喝完冬瓜茶，兩個人都同意這一家的冬瓜茶和之前在其他地方喝到的地方飲料相比，蕭家的冬瓜茶符合他們的要求。事實上，並不是台灣其他地方的特色飲料不好喝，而是冬瓜茶具備更高度的操作性。

第一、冬瓜的成本不高，黑糖的成本也相對便宜。

第二、冬瓜茶是很乾淨清澈的飲料，喝起來不會有什麼顆粒狀或條狀的內容物，如果要和超級可樂做結合，相對其他飲料來說也會比較容易。

第三、也是最關鍵的因素，就是冬瓜茶真是好喝。

「小妹妹，妳可以帶我們去見一見茶鋪的老闆嗎？」高主任對傅瑞怡說。

「你要見老闆，有什麼事嗎？」

「我有個生意想要跟你們老闆談一談。」

傅瑞怡不能作主，她看了看蕭倍任，蕭倍任也不能拿主意。

平常林志仁家裡就會有些政商名流作客，一些在商言商的行話他略知一二，他在一旁觀察高主任和威廉的樣子，已經猜到他們的目的，於是對傅瑞怡說：「我想他們是認真的，還是快把蕭叔叔找來比較妥當。」

傅瑞怡聽了林志仁的建議，對蕭倍任說：「倍任，可以麻煩你跑一趟嗎？回家叫舅舅來。」

「沒問題。」蕭倍任最拿手的就是跑步，他也喜歡跑步。

就當蕭倍任要出發這一刻，蕭冠傑與妻子，他們帶著蕭帥哥和沈慧萍，正朝茶鋪方向而來。

「真是太巧了。先生，你的運氣很好，老闆來了。」傅瑞怡指著走過來的蕭冠傑，對高主任說。

見到有外國人在自己的攤子前，蕭冠傑頗為意外，他迎上前，用很不標準的英文跟威廉打招呼，"How are you?"

原本蕭冠傑預期對方會跟國中英文課本一樣回答，“Fine, thank you.”沒想到威廉脫口而出卻是一連串流利的國語：「請問你是蕭先生嗎？」威廉從口袋拿出名片，遞給蕭冠傑，說：「我是美國汽水公司超級可樂在台灣區的總經理，我叫威廉・普林斯。我剛剛喝了你們店裡的冬瓜茶，我覺得非常好喝，第一名。」

「喔……你的國語說得真好。」

「比不上你的冬瓜茶來得好。」

「謝謝你的讚美。」

沈慧萍見威廉對蕭冠傑熱情的樣子，暗叫不好：「糟糕！這老外竟然是美國超級可樂在台灣的總經理。超級可樂不是世界五百大企業之一嗎？他會來到這裡絕對不是偶然。難道……難道他也想要買冬瓜茶的祕方？」沒想到事情到了最後一步卻橫生枝節，沈慧萍可不能容許煮熟的鴨子在眼前飛掉。她本來想要在離開台東之前，透過先生與蕭冠傑的親戚關係，藉機說服蕭冠

傑出售冬瓜茶的祕方，或者說服他拿出祕方來進行合作。可是一旦國際大公司也想爭奪祕方，真要比收購祕方的財力，她區區一個小公司絕對不可能是超級可樂的對手。

可是沈慧萍以她的身份，也不方便跳出來阻止威廉的行動，她只能眼睜睜的看著威廉繼續和蕭冠傑攀談。

高主任站在一旁，他見總經理都親自出馬了，也就不急著搶功，他評估以威廉磋商的技巧，只要開給茶鋪老闆的條件夠好，拿下冬瓜茶的調配祕方根本有如探囊取物。

蕭冠傑和威廉交換名片，威廉做生意絲毫不囉唆，對蕭冠傑說：「蕭先生，我很喜歡你們的冬瓜茶，我認為這麼好的飲料，應該要讓更多人有機會品嚐。」

「你真的是太會說話了，我很感激你這麼喜歡我們蕭家的冬瓜茶，希望你以後有空常來。」

「我和部屬從台北下來，要想常來可能不太容易，但我絕對樂意為了你們的冬瓜茶，多跑來幾次。」

「是啊！台北來到台東挺遠的，下次你們來，我會記得給你們打個八折。」

威廉見蕭冠傑很豪爽，直接切入重點，說：「蕭先生，你有興趣跟我們超級可樂合作嗎？」

「合作？」

沈慧萍從蕭冠傑跟威廉接觸開始，就不斷的祈禱威廉真的只是來觀光，可惜她的禱告並沒有如願。

沈慧萍來到台東，她發現冬瓜茶的美好，想要獲得冬瓜茶的祕方，做為自己公司的新產品。與此同時，美國汽水公司的人也發現了蕭家的冬瓜茶，想要收購祕方。

爭奪冬瓜茶的戰役，就在台灣東部鄉村展開一場中美大戰。

17. 冬瓜茶的價值

從交朋友變成做生意，和威廉之間短短五分鐘的交談，蕭冠傑還有點狀況外，倒是他的妻子胡樂芳腦筋動得快。「超級可樂」的名號，讓她意識到滾滾而來的鈔票。她想，改變生活就靠這場買賣了。

威廉和高主任，兩個人被請到蕭家。

客廳裡頭，蕭冠傑坐在沙發上，左邊坐著超級可樂兩位代表，右邊是同樣從台北遠道而來的蕭帥哥和沈慧萍。

沈慧萍一直瞪著威廉和高主任瞧，她有點氣惱，氣惱自己應該昨天就要出手，從蕭冠傑那邊先一步取得合作。可是誰又能想到，就在隔天竟然冒出美國大飲料公司的總經理。

胡樂芳一心想要促成買賣，很殷勤的在客廳為在座眾人奉茶。

蕭倍任、傅瑞怡和林志仁，他們窩在門口，傾聽著客廳內大人們的談話。

威廉能夠當上總經理，沒有兩把刷子怎麼行，他早就感覺到沈慧萍對他

的目光滿是同業之間才會有的，充滿競爭的火花，但他故意裝作沒看見，因為他深信在台灣沒有人可以打敗超級可樂出手闊綽的程度。

「蕭先生，我希望我們可以合作。」威廉再次對蕭冠傑說。

「我不懂你所謂的合作，是說要在我們茶鋪賣你們家的汽水、可樂嗎？」

「不不不，我不是這個意思。相反的，我希望我們超級可樂可以賣你們家的冬瓜茶。」

「哈哈！這聽起來太好笑了。冬瓜茶耶！你是想把冬瓜茶變成可以放在超市、便利商店，然後每個人都可以走進去，在貨架上看到的罐裝飲料？」

「你終於搞懂我的意思了！蕭先生，這就是我想做的。」

「我懂了，可是要怎麼做？我們的生產力有限。」

「當然我們不可能在這麼小的地方做，我們超級可樂在台灣有工廠，每天可以生廠數以萬計的罐裝飲料，只要在我們工廠製作，每天可以賣出的冬瓜茶，保守估計至少會是現在的三、五百倍。」

「聽起來很棒！」蕭冠傑聽到威廉推測的數字，想到自己的冬瓜茶可以賣那麼多，感到十分不可思議。

沈慧萍抓到機會，澆了一盆冷水，說：「大哥，你還是先聽完這位威廉先生的話吧！我猜想事情應該不會那麼簡單。」

威廉想：「妳這個女人終於出手了。」表情還是一派平和的說：「蕭先生，我就直說了，我想要購買你們蕭家冬瓜茶的配方。」

「什麼？我不賣！」蕭冠傑聽到威廉竟然說要買蕭家祖傳的冬瓜茶配方，毫不考慮的加以回絕。

威廉沒想到蕭冠傑竟然那麼快就給自己碰釘子，內心本來要開的數字瞬間加上幾倍，他心中對於冬瓜茶的配方已經有非拿下不可的決心。對蕭冠傑說：「或許這能夠改變你的心意。」

威廉從西裝外套中拿出一疊支票，在最上面那一張的金額欄寫上一串數

字，然後放在桌面上。

「哇！」

蕭冠傑原本看都不想看，可是他聽到眾人驚呼的聲音，朝桌上支票瞧了一眼，當場目瞪口呆。

「五……五百萬！」蕭冠傑說話的時候，嘴唇不住顫抖。

現場只有一個人保持冷靜，就是高主任，他早看過這位從美國來的主管用錢多大方。也因為他的風格，所以超級可樂自從他來之後，在銷售數字方面有不小的提昇。

「只要你答應，蕭先生，這五百萬馬上就是你的了。」

胡樂芳看到支票的數字，興奮的幾乎想要大叫，她抱著老公的肩膀，說：「冠傑，這可是一筆大錢，有了這筆錢，我們下半輩子就不用愁了。」

「是啊！我們之前一直想要擴大生產規模，有了這筆錢，我們就可以弄一間獨立製作冬瓜茶、青草茶和各種茶的工廠了。」蕭冠傑說。

然而，威廉打碎了蕭冠傑的美夢，說：「蕭先生，一旦您與我們合作，將賺到五百萬新台幣的授權費，但從此以後，你必須對配方內容保密，且以後再也不能賣相似產品。」

「什麼！你的意思是如果我把配方賣給你，我們蕭家永遠都不能賣冬瓜茶，是這意思嗎？」

「沒錯。」

「這……這我不能同意。」蕭冠傑眼睛盯著支票，嘴巴卻依舊拒絕了威廉的提議。

沈慧萍附和說：「大哥，你的決定是對的，我們可不能把祖宗流傳的配方流到老外手裡。蕭家的冬瓜茶不但是台東的驕傲，更是台灣人的驕傲。大哥，我支持你。」

「哈哈哈哈！」威廉聽到沈慧萍的話，仰頭大笑。

「你笑什麼？」沈慧萍說。

「我笑妳虛偽。」

「我虛偽？我哪裡虛偽。」

「也許我的作風不符合你們台灣人的風格，可是至少我很誠實，我沒有欺騙任何人。或許配方對你們來說很珍貴，但我也很樂意開誠布公的談條件。我要的是結果，但過程請相信我的誠意與誠實。對面這位小姐就不一樣了，我猜您可能是同行。自從我出現之後，妳一直虎視眈眈的看著這一切。我大膽合理的推測，妳對蕭先生的冬瓜茶配方，應該也是志在必得，對吧？」

沈慧萍被威廉看得很透，對於他的指控只能啞口無言。

蕭冠傑不高興的說：「原來妳對我那麼殷勤，都是為了我的祕方。」

「我……我不是這個意思。」

蕭帥哥想要幫老婆說話，但他身為蕭家人，自然也不能苟同有人覬覦蕭家的珍貴遺產。他夾在中間，感到裡外不是人。

18. 相信自己

蕭冠傑陷入兩難，與超級可樂合作將賺到五百萬元的授權費，但必須保密，且以後再也不能賣相似產品；與前者合作則能夠將屬於蕭家人的冬瓜茶永遠留在台東，可是沒有人知道是否能夠成功推銷至台灣大街小巷。

面對誘惑，以及各種利害關係，這些都是長久以來只是專心製作冬瓜茶的蕭冠傑所沒有處理過的難題。

「不好意思，我們需要討論一下。」蕭冠傑對威廉和高主任說。

威廉說：「蕭先生，我會靜候你的回覆，至於價錢，我們還能談，只要你願意在合約上簽字，一切好談。順利的話，你明天早上起床，就能到銀行領一大筆錢去做你想做的事。我們先走了，我們還會再來。」

送走威廉和高主任，蕭冠傑覺得頭痛異常，只想進到房裡休息，暫時遠離這一切。

胡樂芳卻不希望失去這麼好的一個賺錢機會，抓著蕭冠傑說：「阿傑，

現在可不是睡午覺的時候，我們得把事情想清楚，然後回覆威廉先生。」

沈慧萍對蕭冠傑說：「大哥，你要想想什麼才是最重要的，我相信您的父親，以及祖父絕對不會希望眼睜睜的看著蕭家祖傳的配方落入外人之手。」

「妳給我住嘴，請問妳憑什麼過問我們蕭家的事。」胡樂芳見沈慧萍有意阻擋這筆好買賣，回應她說。

「我嫁入蕭家，難道不算半個蕭家人嗎？說到底，我跟妳的身份一樣，輩份真要比起來，我還比妳大呢！」

「呵！妳倒是挺會幫自己說話，說到底妳也是一丘之貉，想要蕭家的冬瓜茶配方不是嗎？只不過妳手腳太慢，被那一個老外跟台北來的城市鄉巴佬給搶先一步，這才惱羞成怒。我建議妳看看自己現在的樣子，活像一個瘋婆子。」

「我再怎麼樣也好過妳一副見錢眼開的樣子。」

「妳說什麼！」

沈慧萍和胡樂芳，兩個人顧不得還有人在場，竟然在客廳扭打起來。胡樂芳抓著沈慧萍花了幾千塊燙的頭髮，沈慧萍抱住胡樂芳的頸子，用力一咬。兩個人打得不可開交，蕭冠傑和蕭帥哥抱住自己老婆，強硬的將她們兩人分開。

「妳們都夠了！再給我鬧下去，統統滾蛋！」蕭冠傑正在煩惱，見到兩個女人為了錢露出真面目，忘記自己為人妻的身份，氣得大吼。他還想再訓斥兩個女人，卻突然感到天旋地轉，身體不受控制，重重的倒在地上。

「冠傑，你怎麼了？」蕭帥哥衝上前，抱起倒在地上不斷呻吟的蕭冠傑。

「我……我不舒服，我的……我的胸口……痛……痛……」蕭冠傑每說一個字，就虛弱一分，到後面他的嘴巴根本發不出任何聲音。

「快叫救護車。」蕭帥哥吩咐妻子說。

五分鐘後，救護車終於來到蕭家，大夥兒七手八腳的將蕭冠傑送上救護車。胡樂芳和沈慧萍都想跟著去，蕭帥哥阻止她們，說：「妳們兩個女人給我待在家裡好好反省，都給我想清楚剛剛自己幹了什麼糊塗事。」然後跟著救護車，前往省立醫院。

救護車刺耳的鳴笛聲，讓兩個女人從競爭衝突中醒過來，她們回想自己剛剛自己利慾薰心的醜態，無力的坐在沙發上，反省著，更後悔著。

大門外，蕭倍任等三個孩子目送蕭冠傑被送上救護車，以及之前大人們為了錢罔顧親情這一面，重重打擊傅瑞怡與林志仁對大人的信賴感。

「唉……這種事情我見得多了，大人總是過不了錢這一關。」林志仁說。

「如果錢真的這麼重要，那麼外公他們守護的又算是什麼呢？我接受訓練，學習做茶的功夫，為的又是什麼呢？如果這一切都是用金錢可以計算的，那還算是真正屬於一家人的寶物嗎？」傅瑞怡想到自己一年來吃的苦，想到自己為了家族，將自己讀數理資優班的資格，以及未來成為一位科學家的夢想拋棄，結果到頭來大人自己就先拋棄了自己的自尊，以及他們長久以來口口聲聲說要守護的東西。想到傷心處，傅瑞怡流下不甘心的淚水。

蕭倍任仍舊堅強的站著，他對表姊和朋友說：「不要哭，我們要想想有什麼是我們能做的。」

「你的意思是？」

「大人想不清楚的事情，我們可以幫忙想清楚。蕭家的寶物，由我們來守護。」

「你認真的嗎？倍任，這可不是一件簡單的事。現在舅舅被送到醫院去了，蕭家上下失去一家之主，失去茶鋪的重要支柱，這時候我們輕舉妄動，萬一非但沒有解決問題，反而火上加油，那可就糟了。」

「我很多事情不懂，可是這時候我知道如果不盡一份力，我怎麼能告訴

自己，和大家是一家人呢！」

「一家人……是啊！家人很重要。」林志仁說。

「沒錯，世界上沒有比家人更重要的了。」蕭倍任對於自己的信念，有無比的堅定。

「好吧！那我們來想想該怎麼做。倍任，你有什麼好主意嗎？」

蕭倍任知道什麼該做，什麼不該做，可是具體內容則是毫無頭緒，說：「我還沒想到。」

「早就知道你會這麼說。」傅瑞怡佩服表弟的勇氣，捏捏他的小臉蛋說。

「三個臭皮匠，勝過一個諸葛亮。我們三個茶鋪小童，肯定能夠贏過一個外國『阿兜仔』。我們一起想辦法，然後解決這次的困境。」林志仁從蕭倍任身上，找回遺失以久，家人們互相扶持的信賴感，他決定站在蕭倍任這一邊，共同奮戰。

蕭倍任伸出手，林志仁也伸出手，放在蕭倍任手背上。傅瑞怡也伸出手，三個人的手緊貼著，象徵他們維護一家人的決心。

19. 親情無價

不同於大人的世界，蕭倍任活在一個美好單純的世界，他不懂大人們為什麼要彼此算計。見到大人們逐漸變得不和睦，蕭倍任卻用最真誠的一顆心，想要讓大家重拾作為一家人的感動。

當蕭冠傑在醫院急救，兩位嬸嬸在家裡唉聲嘆氣，蕭倍任和林志仁與傅瑞怡，三個孩子在面向大海的小丘，水生國小後門一同商量作戰計畫。

「我們該怎麼做？」傅瑞怡問。

「我想我們可以去找那個外國人談談。」蕭倍任說

「胡扯！我們要怎麼談？他們怎麼會聽我們說？」林志仁說。

「王老師說過，跟別人商量事情，最重要的是誠意，然後才是內容。」蕭倍任說。王老師每次碰到班上同學吵架，總會說這句話，蕭倍任聽過至少二十遍，都會背了。

「樂天的想法，我喜歡。但是光有誠意，要想說服大人我想還是有點難。而且我想我們並不能幫大人做決定，頂多只是讓他們不要那麼針鋒相

對。」

「方法，快！我們需要一個方法。」

「借用我讀《老人與海》的經驗談，事情的過程有時候就等於結果。也許我們不能說服大人改變心意，但至少我們如果很有誠意，或許能夠打動他們。」傅瑞怡喜歡看書，對其他人說。

「『書中自有黃金屋，書中自有顏如玉。』書中有很多東西，可是我還沒有讀過一本書能夠幫助我們解決這個狀況。」林志仁希望大家能夠想出一個比較實際的辦法，便說。

「不然還能怎麼樣呢？」

「還真是難想啊！」

「真的好難。」蕭倍任、林志仁和傅瑞怡，他們躺在草地上，越想越無力。

「是與非，對與錯，難道就非得分得這麼清楚嗎？」

「個人的想法，有時候就是這麼複雜，會影響很多人的生活。不管蕭叔叔接受或不接受外國人的建議，影響已經造成了。」

「賤賣蕭家家傳的冬瓜茶配方，這是絕對不行的。其實，我不反對出售配方，只是不應該是毫無條件的賣斷。」

「貨品有貨品的價值，貨品有貨品的操作空間。我們可以想一想，我們的冬瓜茶，怎麼樣才能有一個讓舅舅、超級可樂和慧萍舅媽都能接受，一個三全其美的交易方案。」

「王老師說……」

「八成又是要舉王老師說過的名言吧！倍任，王老師的話幫不上忙。」

「唉……」三人想不出好點子，歎了一口長氣。皮鞋鞋跟走過石階的聲響，引起三位孩子的注意。他們起身一看，高主任正從石階走上來。

蕭倍任等人想要躲，卻不知道該往哪裡跑。他們的行蹤已經曝光，這時候跑走顯得很失禮，可是他們又不知道是不是應該跟高主任接觸，特別是他

的身份似乎屬於超級可樂那一方。

「不用跑，我們談一談吧！」

「你要跟我們談？」孩子們沒想到會有大人把他們當一回事，主動要找他們談話，因此打消逃跑的念頭。

「我聽說蕭老闆昏倒的事了，我很抱歉。」

「這時候說抱歉有什麼用？」

「光說抱歉當然沒有用，但我想我們可以合作。」

「哼！說不動大人，現在要拿小孩開刀嗎？叔叔，我們就算答應你什麼，也沒有法律效力喔！」

高主任微笑說：「你們三個小呆瓜，我不是要跟你們談買賣，我是希望我們能夠共同合作，想出一個對大家都好的方案。」

「你不是來談生意的嗎？」

「生意又不重要，家人才重要，不是嗎？」

「大叔，你真的這麼覺得？」高主任若有所思的望向大海，然後對三個孩子們說：「你們看過一本小說叫做《孤獨白》嗎？是一位叫做萊曼•格林的作家寫的。這本書賣得很不好，這位作家生前很不得志，然而直到生命結束的最後一刻，他還是堅持寫作，堅持自己的夢想。他的家人很不能諒解，為什麼要為一場不知道會不會實現的夢犧牲自己的生活？為什麼不找一個安穩的工作？他其實深愛家人，所以更不能放棄夢想。因為一旦放棄夢想，他就不能做自己了，一味只知道迎合家人的愛，那不是真正的愛。活出自己給家人看，用真實的一面面對家人，那才是真正愛的表現。表面上配合家人，實際上後悔著犧牲自己夢想的決定，最後家人痛苦，自己也痛苦。小朋友，懂我的意思嗎？要想真的幫上忙，就不要從大人的角度想，而是要從你們自己的角度去想，這樣才能想出一個好方法。」

當孩子嘗試用大人的思維去解決問題，但問題正是由於大人的思維所造成。換個不同角度的想法，或許才能找到解決問題的鑰匙。

20. 傳承

歲月如梭，時光飛逝。新的一年，蕭倍任、林志仁和傅瑞怡，再過幾個禮拜，他們就要迎接自己的畢業典禮。

三個人，他們已經習慣在放學後，一同從學校回家，然後在回家的路上四處溜躂。

「時間過得好快。」

「是啊！我還記得去年差不多這個時候的暑假，台北來的不速之客把家裡弄得雞飛狗跳。」

「不過現在一切都變好了。」

「是啊！真沒想到我們那時候這麼有種，敢去找大人談判。」

回想一年前的暑假，蕭倍任、林志仁和傅瑞怡，他們和超級可樂的高主任談話，商量好策略，然後他們召開了一次會談，將威廉先生以及胡樂芳與沈慧萍等大人聚集在一起。

孩子們的想法充滿創意，他們提出了一個新的企劃，讓蕭家可以保有祕

方，威廉先生和沈慧萍都能賺到錢的方法。

由蕭冠傑作為蕭家代表，與超級可樂進行合作，共同開發世界第一的冬瓜口味可樂，這個開發的產品，以完全買斷的方式賣給超級可樂公司。所以蕭家可以繼續賣自己家的冬瓜茶產品，超級可樂擁有的是冬瓜可樂的配方。在蕭冠傑與研發部門通力配合下，不到三個月的時間就完成了這項新飲料的開發。

為了沈慧萍的飲料公司能夠販售冬瓜茶，沈慧萍沒有買斷蕭家的冬瓜茶配方，而是採用分紅的方式。每賣出一罐冬瓜茶，蕭家就能分到百分之三的紅利。

走著走著，蕭倍任三個人又走到老地方。

面對大海，一處小丘，蕭冠傑的墓地。

一年前，蕭冠傑昏倒後，雖然一度康復，但這一次他再也沒有離開醫院，而是在醫院病房度過人生最後半年。

大人們因為錢的問題爭吵不休，把原本重要的家族傳統丟在一邊，可是孩子們用單純的想法想要維護整個家，他們在乎的是整個家的和平。在這個過程中，孩子們用他們的表現，讓大人們醒悟，還有比錢更重要的事。

蕭冠傑從事件中得到很大的醒悟，蕭倍任、林志仁和傅瑞怡感動所有大人，讓大人們瞭解家人與親情的意義。經過這場考驗，蕭冠傑終於選出了心目中的繼承人。在人生最後階段，蕭冠傑終於做出決定，寫下該由誰來擔任蕭茶鋪繼承人的遺囑。

繼承蕭家茶鋪的人是，「每一位蕭家人」。蕭倍任和傅瑞怡，他們都是蕭家人，所以他們都有權力知道冬瓜茶的配方，將冬瓜茶傳承下來，並且當他們遇到志同道合，值得信賴的朋友，他們可以將家族的寶物和朋友分享。

三人在蕭冠傑的墓碑前，雙手合十，向離開人世的長輩表達敬意。

「志仁，聽說你國中要到台北唸？」傅瑞怡問林志仁說。

「爸爸希望我去唸美國學校的國中部，為以後出國做準備。」

「哈！那我就期待你以後去美國把我們的冬瓜茶發揚光大。」

「瑞怡姊，妳呢？」

「我剛結束縣內的數學競賽，我申請了幾間有數理資優班的高中，如果上了，我就去讀。」

「還是想做女科學家嗎？」

「是的，我要繼續堅持我的夢想。」

「倍任，你呢？」林志仁問。

蕭倍任搔搔頭，向好友和表姊眨眨眼，說：「當然是繼續當賣冬瓜茶的小孩。」

勵志學堂：26

賣冬瓜茶的小孩

作　　者◇張文慧
出 版 者◇培育文化事業有限公司
執行編輯◇禹金華
執行美編◇蕭佩玲
社　　址◇22103 新北市汐止區大同路三段一九四號九樓之一
TEL （〇二）八六四七—三六六三
FAX （〇二）八六四七—三六六〇

總 經 銷◇永續圖書有限公司
劃撥帳號◇18669219
地　　址◇22103 新北市汐止區大同路三段一九四號九樓之一
TEL （〇二）八六四七—三六六三
FAX （〇二）八六四七—三六六〇
E-mail yungjiuh@ms45.hinet.net
網　　址 www.foreverbooks.com.tw

法律顧問◇中天國際法律事務所　涂成樞律師　周金成律師
出 版 日◇二〇一二年五月

國家圖書館出版品預行編目資料

賣冬瓜茶的小孩/ 張文慧 著.
-- 初版. -- 新北市；培育文化，民101.05
面：　　公分. --（勵志學堂 ； 26）
ISBN 978-986-6439-75-9（平裝）
859.6　　　　　　101000153

培育文化讀者回函卡

謝謝您購買這本書。

為加強對讀者的服務，請您詳細填寫本卡，寄回培育文化；並請務必留下您的E-mail帳號，我們會主動將最近"好康"的促銷活動告訴您，保證值回票價。

書　　名：賣冬瓜茶的小孩

購買書店：＿＿＿＿市／縣＿＿＿＿＿＿書店

姓　　名：＿＿＿＿＿＿＿＿　生　　日：＿＿年＿＿月＿＿日

身分證字號：＿＿＿＿＿＿＿＿

電　　話：(私)＿＿＿＿＿(公)＿＿＿＿＿(手機)＿＿＿＿＿

地　　址：□□□－□□

　　　　：＿＿＿＿＿＿＿＿

E-mail：＿＿＿＿＿＿＿＿

年　　齡：□20歲以下　□21歲～30歲　□31歲～40歲
□41歲～50歲　□51歲以上

性　　別：□男　□女　婚姻：□單身　□已婚

職　　業：□學生　□大眾傳播　□自由業　□資訊業
□金融業　□銷售業　□服務業　□教職
□軍警　□製造業　□公職　□其他＿＿＿＿

教育程度：□高中以下(含高中)　□大專　□研究所以上

職位別：□負責人　□高階主管　□中級主管
□一般職員　□專業人員

職務別：□管理　□行銷　□創意　□人事、行政
□財務　□法務　□生產　□工程　□其他＿＿＿＿

您從何得知本書消息？
□逛書店　□報紙廣告　□親友介紹
□出版書訊　□廣告信函　□廣播節目
□電視節目　□銷售人員推薦
□其他＿＿＿＿＿＿＿＿

您通常以何種方式購書？
□逛書店　□劃撥郵購　□電話訂購　□傳真　□信用卡
□團體訂購　□網路書店　□其他

看完本書後，您喜歡本書的理由？
□內容符合期待　□文筆流暢　□具實用性　□插圖生動
□版面、字體安排適當　□內容充實
□其他＿＿＿＿＿＿＿＿

看完本書後，您不喜歡本書的理由？
□內容不符合期待　□文筆欠佳　□內容平平
□版面、圖片、字體不適合閱讀　□觀念保守
□其他

您的建議：＿＿＿＿＿＿＿＿

＿＿＿＿＿＿＿＿＿＿＿＿

剪下後請寄回「22103新北市汐止區大同路3段194號9樓之1培育文化收」

請用膠帶黏貼

廣告回信
基隆郵局登記證
基隆廣字第200132號

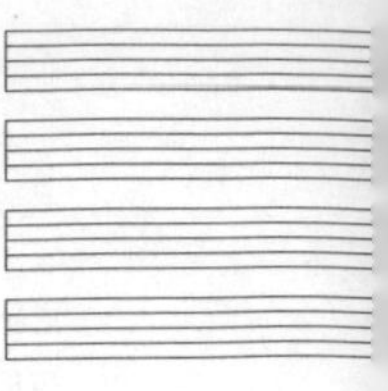

2 2 1-0 3

新北市汐止區大同路三段１９４號９樓之１

培育文化事業有限公司

編輯部　收

請沿此虛線對折免貼郵票，以膠帶黏貼後寄回，謝謝！

為你開啟知識之殿堂